MÉLANGES

LITTÉRAIRES.

Extrait de la Revue du Lyonnais.

MÉLANGES

LITTÉRAIRES

PAR

F. G. EICHHOFF,

BIBLIOTHÉCAIRE DE LA REINE, PROFESSEUR DE FACULTÉ.

LYON.
IMPRIMERIE DE L. BOITEL,
QUAI SAINT-ANTOINE, 36.
1842.

INDEX.

HYMNE A DIEU.

IMITÉ DU RUSSE.

O toi, dont l'existence infinie, immuable,
De vie et de splendeur remplit l'immensité,
Seul en ta triple essence au fidèle adorable,
Inaccessible au temps en ton éternité:
Etre unique, être saint ! qui, partout invisible,
Manifestes partout ta force irrésistible ;
Que ne borne aucun jour, que n'enchaîne aucun lieu ;
Dont l'ineffable amour embrasse la nature,
La guide, la soutient, l'embellit et l'épure ;
Auteur de l'univers, toi que nous nommons Dieu !

Quand mon esprit pourrait, par un effort sublime,
Compter les feux du ciel, les sables des déserts,
Et, plongeant dans les flots de l'orageux abîme,
Mesurer d'un regard la profondeur des mers,
Il n'est, pour te sonder, ni nombre ni distance :
Les chœurs des immortels, issus de ton essence,
Devant ta majesté s'arrêtent confondus ;
Et, si jusque vers toi s'élève une pensée,
Sous tes vives clartés elle tombe éclipsée,
Comme, au milieu d'un siècle, un instant qui n'est plus.

A l'aurore des temps, ta volonté suprême
Du vide sans limite a tiré le chaos;
Mais, avant sa naissance, existant par toi-même,
L'éternité marquait ton auguste repos.
Toi seul de l'existence es la source première ;
Lumière sans déclin, d'où jaillit la lumière,
Des âges infinis tu poursuivais le cours :
Tu parlas, et soudain le monde, ton ouvrage,
En traits étincelants réfléchit ton image ;
Seul tu vis, tu vécus et tu vivras toujours !

De la création, que ton souffle pénètre,
Tous les cercles unis se résument en toi ;
Ce qui semble périr s'éclipse pour renaître,
Et la vie à la mort s'enchaîne par ta loi.
Dans les champs de l'éther, fécondes étincelles,
Jaillirent par essaims les étoiles nouvelles,
D'innombrables soleils volèrent sous tes pas :
Tel qu'aux brises du nord, sur les plaines neigeuses,
Le givre, s'épanchant en perles lumineuses,
Tourbillonne et scintille au milieu des frimas.

Aussi loin que s'étend ta puissance infinie,
Ces millions de feux proclament tes décrets;
Dans le vaste domaine où s'agite la vie
Sur des êtres sans nombre ils versent tes bienfaits.
Mais, au sommet des cieux, ces lampes rayonnantes
Ces cristaux nuancés en gerbes scintillantes,
Ces globes d'or flottant sur des vagues d'azur,
Ces gloires, sillonnant les plaines éthérées,
A ta gloire ineffable un instant comparées
Seraient ce qu'est la nuit à l'éclat d'un jour pur.

Comme une goutte d'eau dans l'océan perdue,
L'univers tout entier s'efface à ta splendeur.
Mais jusqu'où mes regards perçent-ils l'étendue,
Et que suis-je moi-même auprès de toi, Seigneur?
Si, peuplant à mon gré ces cavités profondes,
Par-delà tous les cieux, par-delà tous les mondes,
Je semais de soleils le gouffre aérien,
Leur foule, accumulée en ta sainte présence,
Que serait-elle? Un point dans un orbite immense;
Et moi, vaine poussière, hélas! je ne suis rien.

Rien!... Mais, toujours présente, à bénir disposée,
Ta grâce me relève en m'attirant à toi;
Comme l'astre du jour colore la rosée,
Tes divines clartés se reflètent en moi.
Rien!... Mais mon cœur s'émeut d'amour et d'allégresse;
Aux célestes hauteurs, où j'aspire sans cesse,
Un vol irrésistible entraîne mes esprits;
Ma force se révèle au sein de ma misère,
Je pense, je comprends, je raisonne, j'espère,
J'existe, et tout en moi proclame que tu vis.

Tu vis !.... Ta providence en tous lieux se déploie,
L'univers la publie et mon cœur la ressent ;
La voix de ma raison la signale avec joie :
Tu vis, et ce mot seul m'affranchit du néant.
Atome de ce monde, où resplendit ta grâce,
Au centre de la sphère elle a marqué l'espace
Où, couronné d'honneur, je siége sans rival ;
Seul, au plus haut degré des formes corporelles,
Non loin des séraphins aux flammes immortelles,
De tant d'êtres divers je suis l'anneau central.

Emblème merveilleux de la nature entière,
Enchaîné par mes sens à la fragilité,
Je porte, en cet esprit qui dompte la matière,
Un glorieux reflet de ta divinité.
Mon corps usé s'affaisse et se réduit en poudre ;
Ma pensée, en son vol émule de la foudre,
Atteint les profondeurs où nul astre ne luit.
Esclave, je suis roi ; ver impur, je suis ange !
D'où naquit ce contraste inexplicable, étrange ?
D'où règne-t-il en moi, qui ne l'ai point produit ?

C'est toi, Dieu créateur, c'est toi qui l'as fait naître,
Toi qui de ton enfant veux être le sauveur ;
De ce vaste univers seul moteur et seul maître,
Toi, souffle de mon ame et flambeau de mon cœur !
Ta sage providence a voulu que cette ame,
Avant de s'élever sur ses ailes de flamme,
Traversât ici-bas l'abîme de la mort,
Et qu'ainsi, par l'épreuve au bonheur préparée,
Elle montât bientôt, pure, régénérée,
Au séjour éternel où tu fixas mon sort !

Roi des rois, saint des saints ! ta bonté, ta sagesse,
En traits mystérieux brillent de toutes parts ;
Ma raison devant toi succombe à sa faiblesse,
L'ombre de ta grandeur éblouit mes regards.
Cependant, si t'aimer est mon plus doux partage,
Si mon premier devoir est de te rendre hommage,
Que puis-je, hélas ! si faible, en proie à tant d'erreurs ?
J'humilîrai, grand Dieu, mon ame en ta présence,
Et, perdus dans l'éclat de ta magnificence,
Mes yeux reconnaissants se baigneront de pleurs !

Ces vers sont une imitation fidèle de l'hymne célèbre que le poète Derjavine publia en Russie vers l'an 1775, et qui, accueilli avec enthousiasme en Europe et en Asie et traduit alors en plusieurs langues, se lit encore, inscrit en lettres d'or, dans les temples de Pékin et de Jeddo.

TABLEAUX LITTÉRAIRES

DE

L'ALLEMAGNE ET DE L'ANGLETERRE[1].

I.

MESSIEURS,

Admis pour la première fois dans cette antique Sorbonne, sanctuaire vénéré de la science, dans cette chaire où l'érudition à su revêtir des formes si attrayantes, je ne puis me défendre de quelque trouble en songeant à mon inexpérience. Que puis-je, en effet, vous offrir de comparable à ce noble enseignement que vous aimez à entendre, et qui embrasse

(1). Ces deux discours ont été prononcés par M. Eichhoff, Professeur de Faculté, le premier à Paris en 1836, le second à Lyon en 1841.

avec un égal bonheur les sujets les plus variés et les plus vastes, depuis les chants guerriers des Hellènes, jusqu'à la riche littérature romane, depuis l'histoire critique de la Gaule jusqu'aux premières traditions homériques? Et lorsque, à deux reprises différentes, des motifs de santé ou d'importants travaux ont fait taire momentanément cette voix si éloquente et si grave, elle a trouvé deux fois de dignes interprètes pour la représenter au milieu de vous. A cette réunion de mérites éminents, je ne puis opposer que l'amour de l'étude, une patience laborieuse et une vive sympathie pour le sujet que je suis appelé à traiter. C'est particulièrement sur ce sentiment qui m'anime, et sur l'intérêt naturel qui s'attache à un pays voisin, trop peu connu peut-être, que j'ose compter pour fixer votre attention, et pour suppléer selon mon pouvoir à des leçons dont nous apprécions tous l'excellence.

L'Allemagne, qu'une antique parenté rattache primitivement à la France, semble avoir été placée si près d'elle, moins comme rivale que comme émule, moins pour la combattre par les armes que pour lutter d'ardeur avec elle dans la carrière de la civilisation et du progrès. A toutes les époques de l'histoire, nous voyons ces deux vastes états croître et se développer par des voies différentes, subordonnées à leur caractère national, mais dont la tendance, toujours parallèle, n'exclue pas la réciprocité. Les Celtes et les Germains, tous deux fils de l'Asie, mais séparés presque dès leur berceau, avaient fixé leurs mœurs, leurs usages, leur génie longtemps avant que la civilisation romaine leur fit éprouver son influence. Dans la grande migration des peuples, ces germes, encore grossiers, s'épurèrent et subirent des modifications diverses, sans toutefois perdre le caractère spécial qui marqua leur première existence. Les Celtes, plus anciennement en contact avec Rome, adonnés à l'agriculture et au commerce, habitant de grandes villes et connaissant les arts, adoptèrent plus facilement les formes romaines, qu'ils relevèrent par la vivacité de leur esprit, leur imagination riante, leurs mœurs douces et faciles. Les Germains, plus rudes et plus sauvages, relégués au fond de leurs forêts, luttant contre une nature avare et lui arrachant ses dons insuffisants, se préparèrent, par une vie agitée, par une longue suite de privations, au rôle imposant et terrible qu'ils étaient appelés à jouer au moyen-âge. Dévoués jusqu'à la mort à leurs chefs, fidèles à la foi conjugale, loyaux, généreux, intrépides, ils étaient nés pour vaincre Rome dès que Rome oublierait ses vertus. Aussi, avec quel élan, quel courage ils attaquèrent sa puissance colossale, avec quelle rapidité leurs conquêtes vengèrent le monde en la brisant ! Unis jusqu'alors par le danger, ils se séparent après la victoire ; mais, malgré leur dispersion dans les provinces, malgré les lumières supérieures des vaincus, les traits fondamentaux de leur caractère s'impriment de toutes parts dans les mœurs, et leur héroïque énergie retrempe et régénère l'Europe.

Mais pour découvrir ce génie à sa source, pour le voir dans sa beauté native, et reconnaître, dans la marche des siècles, tous les développements de son type primitif, ce sera sur la Germanie même que nous devrons porter nos regards. Placé loin de la civilisation de l'ancien monde, étranger à la Grèce, indépendant de Rome, il s'y montre dans son unité première en même temps que dans sa diversité. Car chacune des tribus sorties de leurs limites, au signal de la lutte générale, Goths, Francs, Suèves, Saxons, Angles, Normands, peuples issus de même famille, mais distingués par des nuances de langage, de configuration et de mœurs, ont laissé après eux en Germanie des représentants de leur nationalité. Considérer cette réunion de peuples dans leur conformité et dans leurs différences, apprécier leur activité morale, leur assimilation progressive, et retracer, l'histoire à la main, chacune de leurs phases littéraires, tel doit être le but de nos recherches, le sujet spécial de ce cours.

Dès les premiers temps de l'histoire d'Allemagne, quand Tacite nous montre les Germains se préparant par des vertus austères, mais encore empreintes de barbarie, à soutenir la lutte imminente dont les menaçait l'ambition romaine, il nous les représente comme un peuple poétique, qui chantait en marchant au combat : « Les Germains, nous dit-il, ont leurs chants, leurs *bardits*, présages de guerre et de victoire. Ce sont des cris menaçants, des sons rauques et terribles, qu'ils entonnent les lèvres demi-closes et pressées contre leurs boucliers. » « Leurs chants, dit-il encore, sont leurs seules annales; c'est là que se perpétuent les noms de leurs héros et de leurs dieux. » Ces chants qui accompagnaient leur attaque, exaltaient leur courage, charmaient souvent leur mort, durent acquérir une nouvelle énergie quand la fortune couronna leur audace, et ce fut en entonnant le chant de triomphe d'Hermann, que les Germains, déjà maîtres de la Gaule, d'une partie de l'Espagne et de l'Italie, arborèrent enfin sur le Capitole l'étendard de leur liberté.

Une sage liberté produit la paix, une liberté précoce n'enfante que le désordre. Aussi quelles luttes, quels excès, quels crimes dans cette première époque du moyen-âge, où tant de sauvages conquérants se disputaient les dépouilles de l'empire romain ! Quels crimes plus grands encore ensanglanteraient l'histoire, si la Providence n'eût préparé à ces guerriers, premiers nés de la civilisation moderne, un frein salutaire pour dompter leurs passions, pour calmer l'ivresse de leur victoire ! Dès le quatrième siècle le pieux *Ulfilas* avait traduit la Bible pour les Goths de Mésie. C'était le moment où l'invasion des Huns annonçait le grand conflit des peuples ; et le volume sacré, porté à travers les camps, de tribu en tribu, de frontière en frontière, répandait au moins dans quelques cœurs les germes d'une culture plus élevée. Des écrits religieux, des formules de prières résument la littérature de cette époque, dans laquelle l'Europe agitée ne retentissait que du fracas des armes, et où la société tout entière semblait être arrachée de ses fondements.

Au milieu de cette lutte effroyable s'élève un homme, un héros ! Son bras puissant frappe et subjugue l'Europe ; son génie la féconde et l'éclaire. Charlemagne, le grand législateur, s'entoure de savants et de poètes ; il fait recueillir les chroniques nationales, les traditions des peuples, les vieux chants des guerriers. Les grands noms de Théodoric et d'Attila se réveillent alors dans toutes les ames ; on chante leurs victoires, on chante celle d'Hildebrand qui, tout chargé de gloire et d'années, entre en lice contre un fils superbe qui ne reconnaît un père que dans un vainqueur. L'histoire de l'empereur devient elle-même un poème dont nous possédons le merveilleux récit. Mais l'élan donné par son vaste génie s'arrête sous ses faibles successeurs. La scission de l'Allemagne et de la France s'opère sous deux de ses petits-fils, dans cette entrevue solennelle où la distinction des langues proclame pour la première fois celle des nations. Avec le chant triomphal de Louis III s'éclipse la poésie héroïque : mais les écrits religieux acquièrent plus de force, plus d'onction. *Otfrid* reproduit les Evangiles dans une noble et savante Harmonie ; au siècle suivant, un pieux archevêque, dont Cologne cite le nom avec orgueil, trouve dans un simple cénobite le chantre inspiré de ses vertus.

La France entrait alors dans la nouvelle carrière où l'appelaient ses hautes destinées. Son génie, épuré par la civilisation romaine des cours policées du midi, n'attendait qu'une occasion pour se produire, quand les brillantes et aventureuses Croisades l'appelèrent aux dangers et à la gloire. Aussitôt une foule de troubadours surgirent auprès des vaillants chevaliers; la religion, l'amour, les combats retentirent tour-à-tour sur leur lyre, et les récits merveilleux d'aventures, de voyages, de triomphes et de revers finirent par former de vastes poèmes, épopées guerrières du moyen-âge.

L'Allemagne entendit cet appel. Libre et puissante sous la maison de Souabe qui lui restituait son antique splendeur, elle secoua le joug monastique comme un fardeau désormais inutile; elle substitua au rauque dialecte des Francs la langue plus molle et plus flexible de la Souabe, et, s'abandonnant à cette douce rêverie qui embellit le monde en l'idéalisant, elle produisit les chants des *Minnesinger*, poètes chevaliers, élégants troubadours, dont la muse, plus érotique que guerrière, est pleine de charme, de délicatesse et de fraîcheur. Les barons et les ducs, les princes et les empereurs, cultivèrent à l'envi la gaie science, dont les *Veldeck,* les *Vogelweid,* les *Eschenbach,* les *Ofterding,* nous offrent les plus parfaits modèles : heureux temps où les donjons féodaux se transformaient en arènes poétiques! Les vastes recueils de poésies provençales furent lus, imités, amplifiés. Le cycle chevaleresque de Charlemagne, le cycle mystique du Sangraal, furent reproduits dans de nombreux poèmes remplis de beautés du premier ordre; et le génie allemand, mûri par cette étude, et, dans la pleine conscience de son pouvoir, conçut enfin l'épopée nationale, l'admirable poème des *Nibelungen.*

A ce nom, que l'Allemagne révère comme un glorieux souvenir de son âge d'or, j'ai peine, Messieurs, à résister au desir de vous exposer quelques scènes de ce grand drame, de vous peindre le caractère si élevé, l'héroïsme si pur de Siegfrid, la fière Brunhild et sa fureur jalouse, et Chrimhild, cette vierge si naïve, cette épouse si aimante et si tendre, portée par le crime d'un frère aux plus affreux excès de la vengeance. Dans ce tableau vous verriez se grouper, autour de l'action principale, toutes les nobles figures chevaleresques qui dominent les traditions du nord. Qu'il suffise de signaler ici ce sujet futur de nos études, cette chaîne brillante dont les nombreux anneaux embrassent tout le cycle germanique.

Cette époque d'imagination et de gloire s'éclipsa aussi vite que la suprématie allemande, et avec le dernier empereur souabe s'évanouirent les chants du Minnesinger. Les scènes sanglantes de l'interrègne, les querelles et les excès de la noblesse abrutie par la guerre civile, firent tomber la lyre immortelle, dont elle avait tiré des sons si harmonieux, dans les mains actives mais novices de simples et prosaïques artisans. Ceux-ci, sous le nom expressif de *Meistersinger*, maîtres chanteurs, croyant pouvoir maîtriser la rime aussi facilement que l'alène et le rabot, martelèrent des milliers de vers mesurés au compas et à l'équerre, et soumis aux règles de la tablature, mais trop souvent rebelles au bon goût. Gardons-nous toutefois de juger trop sévèrement ces hommes vraiment estimables qui, dans un siècle de transition et de désordre, cherchaient l'oubli de leurs peines dans un noble délassement que d'autres eussent remplacé par de grossiers plaisirs. Plusieurs d'entre eux parvinrent d'ailleurs à une réputation méritée, et il suffit de citer le bon *Hans Sachs* pour que ce nom réveille aussitôt, dans tous ceux qui connaissent ses œuvres, l'idée de cette loyale franchise, de cette bonhomie pleine de droiture et de sens qui distingue en Allemagne la classe moyenne, le véritable corps de la nation. La poésie que, dans la première époque, nous avons vue purement religieuse, qui s'éleva dans la seconde à l'ode et à l'épopée, devient dans celle-ci morale, sentencieuse, satyrique, et prépare ainsi, en flétrissant les vices, en stigmatisant les abus, la grande et imposante révolution dont *Luther* devait être le héros.

Si l'influence de ce puissant génie, qui réforma les lettres comme l'Eglise, et qui imprima à la langue nationale toute

l'énergie de son caractère, ne fut cependant pas aussi sensible aussi immédiate qu'on devrait le croire, la cause en est dans les luttes désastreuses qui se prolongèrent longtemps après sa mort. Malgré l'éclat que la maison d'Autriche sut rendre à la couronne impériale, les plaies de la patrie étaient vives et profondes; et ce ne fut pas dans la guerre de trente ans, dans cette guerre de funeste mémoire, que la poésie put prendre son essor. En vain *Opitz* et l'école silésienne tentèrent quelques heureux essais, en vain le grand *Leibnitz* régénéra la science : les lettres ne se relevèrent un instant que pour tomber plus bas encore. D'un côté l'obscurité et l'enflure, de l'autre une plate servilité envahirent tout le domaine littéraire et le remplirent de sèches imitations. En ce moment, l'Italie et l'Espagne retentissaient des chants de leurs poètes; les chefs-d'œuvre abondaient en France et en Angleterre ; mais, en Allemagne, tout était vide et froid.

Enfin, après deux siècles de ténèbres, on vit s'élever l'aurore d'un nouveau jour. La tourmente religieuse et politique avait passé sur l'Europe entière ; l'Allemagne avait gémi sous cette épreuve: maintenant elle en recueillait les fruits. Ce n'était plus cette culture partielle renfermée dans les cours, dans les châteaux, ou cette concentration de lumières qu'imposait la volonté d'un seul; c'était une civilisation générale dont les bienfaits s'étendaient de toutes parts, qui, pénétrant dans les villes et les villages, éclairait toutes les intelligence et excitait entre chaque état une émulation salutaire. Bientôt s'éleva un défi poétique qui annonçait le retour à la vie. L'école française et l'école anglaise, appelées dès lors classique et romantique, et représentées par la Saxe et par la Suisse, donnèrent les mots d'ordre de la lutte. Des esprits jeunes, entreprenants, se rangèrent sous les deux bannières ; il en résulta de bons ouvrages et l'enthousiasme s'accrut de jour en jour. Le combat eut bientôt un arbitre dans le sage et judicieux *Lessing*, qui traça, d'une main habile et ferme, une nouvelle route au génie allemand. L'art dramatique naquit sous sa plume; le style descriptif sous celle de *Haller*, l'épître et l'apologue sous celle de *Gellert*. L'austère philosophie se ranima sous *Kant;* l'amour des arts sous *Winckelmann*. Tandis que le spirituel *Wieland* ornait la poésie de ses couleurs magiques, *Klopstock*, dans sa sublime extase, l'élevait triomphante jusqu'au ciel. A cet éclat, à cette élévation, *Herder* joignit le calme, la profondeur, *Muller* l'autorité d'une vaste science, *Richter* la verve originale d'une ame pleine de fortes émotions. Enfin ces qualités précieuses, mûries, perfectionnées par le bon goût, brillèrent unies dans les deux grands poètes qui dominent la littérature allemande : *Gœthe*, le chantre de la nature, le judicieux observateur du monde visible, le peintre inimitable des vertus et des vices, des vérités et des erreurs, de la grandeur et du néant; *Schiller*, moins abondant, moins varié, mais plus touchant, plus grave, plus pathétique, interprète des sentiments intimes et de la noble vocation de l'humanité. L'un brillant comme Egmont, profond comme Antonio, universel comme Faust; l'autre pur et généreux comme Max, enthousiaste et sublime comme Posa; tous deux placés à la tête de leur siècle par la perfection de leurs ouvrages, et par l'immense impulsion que leur exemple a donnée à leurs contemporains.

Ce noble élan qu'ils ont su produire dans toutes les contrées de l'Allemagne, ce réveil du génie national si fécond en heureux résultats, cette foule de poètes, d'historiens, de philosophes, d'orateurs et de savants distingués qui ont illustré leur patrie et qui l'illustrent encore de nos jours, présentent un spectacle trop imposant et trop vaste pour trouver place dans cette esquisse rapide. Contentons-nous de rendre pleine justice à une nation placée si près de nous, et de reconnaître que cette belle Allemagne, si riche en science, en piété, en vertus, n'est pas moins riche en produits littéraires dignes de rivaliser avec ceux de tous les peuples !

L'Allemagne doit beaucoup à la France et elle est la première à le reconnaître en accueillant avec tant d'empressement nos idées, nos mœurs, nos usages ; mais il semble que jusqu'ici la France lui ait trop peu demandé en retour. Si l'Italie nous attire par les chefs-d'œuvre des arts, par les grands souvenirs de l'histoire, l'Angleterre par son activité immense et son merveilleux esprit d'application, l'Allemagne est la patrie des études, des réflexions profondes, des recherches consciencieuses, c'est le pays où la patience humaine acquiert son plus grand développement. Et qui ne sait ce que peut la patience laborieuse, constante, infatigable, soutenue par la hauteur des pensées et la rectitude du jugement? Aussi, pour quelques systèmes erronés, pour quelques théories vaporeuses qui déparent quelquefois les travaux de nos voisins, combien d'ouvrages profonds et solides ne nous présentent-ils pas dans tous les genres? Quelle nouvelle source de trésors pour la France qui, comblée elle-même de tant de biens, eut de tout temps la haute mission de choisir et d'épurer les idées pour les répandre claires et fécondes jusqu'aux extrémités du globe ! En Allemagne, la pensée s'élabore et s'anime du feu au sentiment ; les études, partout répandues, sont poursuivies avec zèle et amour. Qui n'aimerait à se rapprocher d'un pays si plein d'enthousiasme et de vie, où les fruits précieux de la science mûrissent et se propagent de toutes parts, où s'élèvent cette foule de gymnases, d'athénées, d'universités, et parmi eux, des centres de lumières tels que Gœttingue, Munich, Berlin ; Berlin surtout, qui jouit au plus haut point des bienfaits d'une instruction libérale, et qui a prouvé, dans une occasion récente et dont le souvenir se conservera longtemps, toute la vivacité de sa sympathie pour la France noblement représentée.

Ces vœux de rapprochement, qui sont dans tous les cœurs, trouveront au milieu de vous un écho fidèle ; et je sens en vous voyant, Messieurs, toute l'étendue, toute l'importance de ma tâche. La vérité doit être ma devise ; je vous la présenterai telle que je la conçois, dégagée de toute prévention, exempte de tout esprit de système : heureux si, de cette exposition consciencieuse du mouvement de la littérature allemande, et de l'utile réciprocité qui l'allia de tout temps à la nôtre, ressort une pensée d'union franche et cordiale, une sorte de pacte intellectuel, par lequel deux puissantes nations ajouteraient encore à leur gloire en complétant, par un mutuel échange, tout ce qu'il y a déjà de grand dans leur nature !

II.

Messieurs,

Appelé par la bienveillante confiance de M. le Ministre de l'Instruction publique à venir occuper cette chaire, où brillent déjà de nobles souvenirs, j'éprouve à la fois, à votre aspect, un sentiment de crainte et d'espérance. Fondé seulement depuis quelques années dans cette riche et florissante cité, où le travail sérieux d'une active industrie n'a jamais enchaîné l'essor de la pensée, où l'intelligence libre et féconde a produit tant de fruits salutaires, l'enseignement de la littérature étrangère a été confié à un homme supérieur qui, par l'éclat de son éloquence autant que par la profondeur de ses vues, a charmé et entraîné vos esprits dans des voies hardies et nouvelles, et élevé, dès l'origine, cet enseignement si vaste à une hauteur où je désespère de le suivre. Après lui, pour continuer dignement ces leçons justement appréciées, une érudition vive et brillante, pleine d'intelligence et de goût, a développé devant vous, dans cette chaire, le plus grand poème du moyen-âge.

Ce seraient là des motifs légitimes de crainte et de découragement pour moi, appelé à soutenir, dans mon insuffisance, le poids d'une comparaison redoutable, si la bienveillance dont j'ai reçu des gages, si l'ardeur studieuse dont j'ai vu les effets, si le noble et sérieux caractère de tous ceux que j'aperçois dans cette enceinte, magistrats, professeurs, étudiants, écrivains distingués, notables commerçants, hommes de science, de mérite et d'avenir, mères de famille indulgentes et attentives, ne me pénétraient d'une juste confiance, d'un espoir dont je ne puis me défendre, et qui me dit que vous jugerez sans défaveur les résultats, quelques faibles qu'ils puissent être, de recherches et d'études assidues faites avec impartialité.

Permettez-moi, Messieurs, d'exposer ici devant vous, avec simplicité et avec franchise, toute ma confession littéraire. Elève de l'Université de France, j'admire avant tout Homère et Virgile, les grands génies de la Grèce et de Rome, et, ce culte, je n'y renoncerai jamais, parce qu'il n'est point fondé sur une vaine habitude, mais sur un sentiment vif et profond, sur le souvenir des plus douces jouissances qui aient pénétré mon esprit et mon cœur. Toutefois je n'ai jamais pensé que la cime du Parnasse, les bosquets de Tibur, ou les rives de la Seine et du Rhône fussent les seuls lieux où l'étincelle sacrée pût frapper le front d'un poète. La poésie, cette fleur céleste dont le parfum charme et fortifie l'ame, cette noble fille de l'imagination qui sait plaire sous mille formes diverses, n'est enchaînée par aucun climat, par aucun peuple, par aucun idiome. Partout où le soleil brille, où l'oiseau chante, où mugit la tempête, partout où le cœur de l'homme palpite sous l'empire des passions, où l'amour et la haine, la terreur et la pitié agitent cette organisation mobile, si faible et si puissante à la fois, il s'est trouvé des ames privilégiées dont la pensée a jailli en traits de flamme, des chantres inspirés dont les oracles ont retenti à travers les siècles. Depuis le premier hymne de reconnaissance entonné par le premier des humains, quand, admirant son existence nouvelle, il éleva ses regards vers le ciel, jusqu'aux chansons rudes et incultes qui frappent maintenant les échos des Cévennes, la poésie a débordé sur la terre sous mille formes, sous mille aspects divers, toujours belle, saisissante, admirable lorsqu'elle exprime un sentiment vrai.

C'est donc avec raison que l'Université, renonçant à d'antiques préjugés qui bornaient toute étude sérieuse aux littératures grecque, latine et française (préjugés excusables sans doute dans un pays si fécond en chefs-d'œuvre, mais qui n'en resserraient pas moins la sphère de la mémoire et du jugement), a voulu que les sources orientales, desquelles émanent toutes nos connaissances, que les inspirations plus récentes de nos voisins du nord et du midi, des peuples qui tiennent avec nous le sceptre du pouvoir et de la science, fussent recueillies, éclaircies, exposées dans leur grâce et leur énergie natives, par un enseignement consciencieux et fidèle qui en fît ressortir les beautés. L'Inde, la Chine, la Judée, l'Arabie, l'Italie, l'Espagne, l'Allemagne et l'Angleterre viendront aussi compléter tour-à-tour ce que l'étude de la Grèce et de Rome, étude si riche, si attrayante, mais souvent, hélas! si méconnue, aura jeté dans nos esprits de germes disposés à éclore. Tous ces auteurs couverts de la poussière des siècles, ces poètes, ces orateurs, ces historiens, ces savants, dont les inspirations ont nourri notre enfance, guidé notre jeunesse studieuse, mais que souvent aussi oublia notre âge mûr, ces Grecs, ces Romains, ces Français illustres, apparaîtront sous un nouvel aspect, et frapperont nos regards d'une lumière plus vive, lorsqu'ils seront placés en face de leurs émules.

Ainsi Dante et Milton nous rappelleront Homère; le Tasse, l'Arioste, Virgile et Ovide. Nous opposerons Shakspeare à Sophocle; Gœthe à Euripide; Calderon et Schiller, à Corneille et à Racine : lutte inégale, mais non pas infructueuse, d'où jailliront d'utiles réflexions; où nous verrons le Parnasse antique, cette assemblée des dieux qui règnent sur le bon goût, se relever plus grand, plus majestueux, devant une assemblée nouvelle, composée d'éléments divers, qui n'ont pas la sanction des âges, mais qui combattent du moins avec éclat, avec vigueur, avec persévérance, sous le poids de circonstances fâcheuses, contre la désespérante perfection de leurs modèles. De cette comparaison attentive résulteront nécessairement des conséquences nombreuses, dont l'application aura l'avantage certain d'enrichir la mémoire, d'exercer le jugement, de mûrir et de fortifier les idées, et d'élargir par un effort facile le cercle de nos jouissances intellectuelles.

C'est à une étude de ce genre que je me propose de me livrer avec vous, Messieurs, en tâchant de développer à vos yeux l'origine et les progrès de la poésie anglaise. C'est une vérité depuis longtemps reconnue, et devenue banale par son évidence même, que chaque nation se reflète dans sa littérature, que ses principes, ses mœurs, son caractère, se reproduisent dans sa poésie surtout, comme dans une glace pure et brillante. Cette vérité est généralement reconnue, mais en est-elle observée davantage? En garde-t-on toujours le souvenir dans les sentences littéraires que l'on porte; et n'arrive-t-il pas trop souvent que l'on juge les génies de l'Angleterre et de l'Allemagne, Shakspeare, Milton, Schiller, par exemple, avec des yeux grecs ou romains? Il est vrai que, depuis un quart de siècle, la médaille a changé de face, et qu'on est plus disposé encore (dirai-je heureusement? dirai-je malheureusement ?) à juger Sophocle et Racine avec des yeux allemands ou anglais.

L'un et l'autre excès est également nuisible, également contraire à la critique et à la raison. C'est du point de vue de sa nation même, du temps et des circonstances où il vécut, des impressions qui marquèrent sa carrière, qu'il faut juger tout génie éminent qui a fixé l'attention du monde. Nul arbre ne peut donner d'autres fruits que ceux que le sol lui prépare ; sans doute la greffe, la taille, la culture, peuvent modifier et épurer ses produits ; mais le fond du terroir, l'influence du climat se révèleront en eux par une saveur native qui jamais ne trompera un palais exercé. Il en est de même du goût littéraire : si nous voulons juger un auteur et ses œuvres, recourons, avant tout sans doute, à ces règles d'éternelle vérité gravées au fond de tout cœur d'homme, et dont le sentiment nous apprendra, bien mieux que les règles d'Aristote (qui, du reste, s'accordent avec elles), à distinguer le vrai du faux, la poésie de la rimaille. Mais une fois ce sentiment satisfait, suivons le poète devant son auditoire ; demandons-nous s'il a su exposer avec force, avec entraînement, les joies et les souffrances de sa vie, les mœurs et les passions de ses contemporains, ou si, attribuant ses sensations à des êtres historiques ou imaginaires, il a su les peindre avec bonheur, et nous identifier avec eux. S'il a réussi dans cette tâche, et si l'éclat, la mélodie de ses vers (mélodie qui ne doit être jugée que d'après les sons inhérents à chaque langue), correspondent parfaitement aux pensées et produisent un harmonieux ensemble, ne demandons plus s'il est Grec ou Romain, Français, Anglais, Allemand ou Slavon, il est poète, il est inspiré, il est digne de prendre place à cette réunion céleste de génies immortels comme leurs œuvres, qui se partagent, sans haine et sans envie, le légitime hommage de la postérité !

C'est dans cet esprit d'impartialité et de justice, dont la France ne peut rien redouter pour sa gloire, que je me propose d'examiner avec vous le développement graduel de la poésie anglaise, dans le vaste et merveilleux ensemble de ses éléments si divers. En effet, qui oserait prétendre qu'il connaît à fond l'histoire d'Angleterre, s'il n'a étudié que la physionomie actuelle du puissant empire de la Grande-Bretagne, sans remonter aux sources de cette histoire et à l'assimilation de tant d'états divers? De même on ne saurait connaître le caractère de la langue et de la littérature anglaises, de cette langue et de cette littérature si capricieuses, souvent si dissonnantes, et cependant si riches et si profondes, si l'on n'a considéré le caractère spécial de chacun des peuples qui composent son essence. Que de pierres dans ce vieux et robuste édifice, que de couches superposées les unes aux autres, et liées par un invisible ciment! Celtes, Bretons, Romains, Saxons, Angles, Danois, Normands, Français, émigrés de toute nation, de toute secte et de toute croyance, se confondent dans une proportion inégale, mais partout sensible et agissante.

L'Angleterre résume en elle l'Europe, comme l'Europe semble résumer le monde dans ses révolutions multipliées. Par une loi constante de la Providence, le mouvement imprimé à la nature humaine passe des individus aux familles, des familles aux tribus, des tribus aux nations. Il semble même que chaque nation n'attende sa noblesse, sa grandeur, son importance dans l'histoire, sa prépondérance dans le monde, que d'une fusion plus vaste et plus complète d'une foule d'éléments étrangers.

En effet, qu'eussent été les Grecs abandonnés à eux-mêmes, confinés dans les déserts de la Thrace, dans les montagnes de la Thessalie, dans les gorges ténébreuses du Pélion et du Pinde, ou sur les rivages orageux de l'Archipel, si les Phéniciens, ces messagers du globe, les Egyptiens, ces graves dépositaires d'une science vénérable et sacrée, les Perses mêmes, malgré leur haine et leur ambition impuissantes, n'étaient venus vivifier par leur contact, enrichir par leur découvertes, animer par leurs traditions et exciter par le choc des armes cette veine d'inspirations sublimes qui sommeillait dans le cœur des Hellènes ?

Qu'était Rome, ville étrusque d'origine, mais barbare de mœurs et de coutumes, avant que ses guerres incessantes contre ces mêmes Etrusques qu'elle attaqua avec rage, contre tous les peuples d'Italie qu'elle vainquit et absorba dans son sein, contre Carthage et l'Espagne, contre la Grèce et l'Asie, n'eussent donné à sa sève naissante une impulsion irrésistible, qui porta ses fruits sous Auguste, sous Trajan et sous Marc-Aurèle ? Enfin, quand le colosse romain s'inclina vers sa décadence, quand sa sève engourdie s'épaissit sous l'influence du vice et de la mollesse, quand la corruption, s'infiltrant dans ses fibres, menaça de les anéantir, quel remède subit, inattendu, vint tout-à-coup le rendre à la vie? Quelle hache, frappant la tige de l'arbre, le fit reverdir de ses racines, et ressuscita la civilisation romaine sous d'autres noms, avec d'autres croyances, pour la perpétuer jusqu'à nos jours ? L'Espagne, la Gaule, l'Italie, la Grèce même, sans compter les provinces de l'Asie et de l'Afrique, étaient soumises à la puissance romaine, et les peuples, incorporés malgré leurs répugnances, sommeillaient sous le sceptre vermoulu des Césars. Mais la Germanie veillait encore, dans sa rude et noble indépendance : soudain l'éclair jaillit de l'Orient, les Huns s'élancent des frontières de la Chine, refoulent les Goths, nation dominatrice, qui se répand sur la Thrace et l'Allemagne ; les tribus germaniques s'ébranlent, les armées se soulèvent, les peuples s'entre-choquent ! En vain l'étendard de la croix flotte au-dessus des légions romaines ; la religion sainte qu'ils ont persécutée, puis admise, puis déshonorée, tend à s'affranchir de ses entraves et à étendre le cercle de ses conquêtes, conquêtes salutaires des ames qui assurent la vie au sein même de la mort! Aussi, dans le fracas des armes, au milieu du sang et du carnage, au bruit de l'empire qui s'écroule et des états rivaux qui surgissent, dans cette longue agonie de l'Europe qui semble toucher à sa fin et devoir s'abîmer sans retour dans la désolation du chaos, une pensée auguste, impénétrable, puisque elle est la pensée de Dieu même, domine le bouleversement des trônes et l'horrible écroulement des cités.

Cette pensée que nul esprit ne peut saisir dans son actualité dévorante, mais dont les bienfaits infinis se feront sentir à tous les siècles, cette pensée c'est la fusion des peuples, gage certain d'un glorieux avenir. Tous ces barbares, sortis de leurs forêts et entraînés par l'amour du pillage, tous ces visages menaçants et féroces, aux yeux ardents, aux cheveux hérissés, portent cependant dans leur mâle poitrine les étincelles d'une flamme sacrée. L'humanité germera dans ces cœurs animés d'une juste vengeance. Rome, leur ennemie, tombera sous leurs coups; mais la lumière du monde ne sera pas éteinte. Elle renaîtra plus vive et plus brillante du sein de tant de luttes acharnées; elle éclairera la croix du salut plantée au faîte du Capitole. Attila tremblera devant elle et arrêtera ses courses dévastatrices, Alaric fuira plein d'épouvante avec son armée devenue chrétienne, Théodoric, Clovis, viendront lui rendre hommage à la tête de leurs troupes victorieuses! Quelle merveilleuse fusion de peuples et d'idées ne marque pas cette époque décisive, cette seconde naissance de l'Europe, si féconde en grandes destinées! Les barbares agissant sur Rome par leurs armes, leurs mœurs, leurs idiomes, reçoivent d'elle, dans une plus grande mesure et par une empreinte ineffaçable, sa religion, sa langue et sa littérature dont l'éclat vivifiant percera les ténèbres et rallumera, sous mille formes diverses, le flambeau de la civilisation. Les barbares à leur tour réagissent l'un sur l'autre, dans une progression continue dont l'échelle, graduellement ascendante, s'est élevée sans cesse et s'élèvera encore.

Cette loi de guerre et d'assimilation, loi absolue, indispensable, inhérente à l'existence du genre humain, se retrouve dans les annales de tous les peuples, dans les fastes de tous les empires. Vous peindrai-je les révolutions de l'Italie, et ses milliers de tribus diverses dont la vie intellectuelle et morale semble se perpétuer dans chaque ville? Vous montrerai-je l'Espagne vivifiée par les Goths, les Vandales, les Maures qui la déchirent, mais qui sèment à pleines mains dans les cœurs des germes de noblesse et d'héroïsme? Vous parlerai-je de l'Allemagne, cette fourmilière de peuples, qui les a déversés sur l'Europe, et entremêlés dans son sein en vastes et florissants royaume? Vous peindrai-je le réveil des tribus slaves, sous le contact de cette même Allemagne qu'elles menacent maintenant d'engloutir?

La Gaule surtout, notre antique patrie, que n'a-t-elle pas dû, après ces longues ténèbres, après son sommeil apathique sous l'accablante domination de Rome, aux invasions cruelles mais vivifiantes des Goths, des Burgundes, des Francs, des Normands, à la folie sublime des Croisades, à ses guerres contre l'ambition anglaise, à cette crise si périlleuse et si terrible qui, c mentant successivement toutes ses provinces, depuis Charles V jusqu'à François 1er, a eu pour résultat ce magnifique ensemble, ce concours inoui de forces intellectuelles, militaires, commerciales, industrielles et politiques qui illustra le règne de Louis XIV?

Partout mêmes luttes, mêmes terreurs, mêmes défaites; mais aussi même réveil, même ardeur, même avenir! Partout la gloire guerrière, politique, littéraire, achetée au prix de milliers de victimes, mais assurée à chaque mélange de peuples, à chaque agglomération d'intelligences dans la proportion de leurs éléments divers, de sorte que les nations les plus éprouvées par les combats, les invasions, les catastrophes, sont aussi celles où les germes les plus nobles se sont développés avec le plus de force, où l'étincelle du feu divin a produit les plus vives clartés !

Quelle nation moderne pourrait, après la nôtre, se vanter d'une origine plus complexe, d'un accroissement plus laborieux et plus pénible, et d'une plus grande accumulation de peuples se heurtant, se déchirant les uns les autres, et puisant dans cette étreinte homicide une vie et une énergie nouvelles, que la nation anglaise dont je voulais parler et que je crains d'avoir oubliée trop longtemps ?

Les deux îles de la Grande-Bretagne, séparées du reste du monde par un détroit et une mer orageuse, ces îles que les Romains eux-mêmes contemplaient avec une secrète terreur, ont successivement reçu dans leur sein les émigrés de tous les siècles ; et chacune de ces émigrations jeucha leurs plaines de sang et de carnage. C'est à travers mille bouleversements qu'elles ont marché vers leur grandeur actuelle. Aux horreurs des invasions barbares ont succédé les guerres étrangères, aux guerres étrangères, les guerres civiles, aux guerres civiles, les dissensions religieuses, à celles-ci des luttes nouvelles, provoquées par l'ambition ou par la crainte ; et au milieu de ces fluctuations terribles, plus destructives que celles de l'Océan, la langue anglaise, composée de cinq langues, le peuple anglais, composéde dix peuples, les lois anglaises, extraites de vingt codes, la littérature anglaise, bigarrée de mille couleurs, ont grandi dans une proportion telle qu'ils occupent maintenant dans le monde une de ces places privilégiées que la France seule, et l'Italie peut-être, sont en droit de leur disputer. Aussi voyons-nous cette origine variée, multiple, inconciliable en son essence, se refléter dans toutes les époques historiques et littéraires de l'Angleterre. Chaque époque, marquée par de grands noms, trouve en eux des représentants de mœurs, de principes, de croyances, de nationalité différentes.

Ainsi, au début du moyen-âge, nous voyons les druides et les bardes investis dans la Grande-Bretagne, encore celtique, de fonctions sacerdotales et religieuses, gouverner par leurs enseignements, exalter par leurs chants guerriers les peuplades sauvages des Bretons, des Calédoniens, des Hiberniens, et les exciter à une défense opiniâtre contre les attaques de l'ambition romaine. Ces peuplades, en partie soumises, en partie décimées par le fer, réduites à leurs propres ressources lorsque Rome rappelle ses légions, tournent leurs armes les unes contre les autres, et sont réduites à implorer le secours et à subir le joug des Saxons. Toutefois cette assimilation violente ne se fait pas sans de cruelles épreuves, et, au sein de la mêlée sanglante, s'élèvent les premiers chants transmis jusqu'à nos jours. Les bardes celtiques du sixième siècle, *Taliesin*, *Aneurin* et l'enchanteur *Merlin* (enchanteur parce qu'il était poète, comme Virgile est magicien à Naples), ont laissé des traditions et des maximes distribuées en mystérieuses triades. Des chants populaires pleins de verve, des fragments de poèmes pleins d'éclat, composés sans doute par divers bardes dans des circonstances mémorables, sont attribués à *Oscen* ou *Ossian*, personnage demi-fabuleux, aussi vague, souvent aussi sublime que les nuages lumineux de son Olympe. Mais le véritable héros de cette époque, à la fois mystique et guerrière, où la force brutale et la chevalerie, les rêves païens et le christianisme, se heurtent et se confondent dans un délirant enthousiasme, est Arthur, prince de Galles, peu connu dans sa vie, mais devenu après sa mort le type complet d'une épopée, le roi divinisé d'une cour toute fantastique, dont les exploits remplissent les romans et exaltent les esprits du moyen-âge.

Un peuple plus sérieux, plus positif et d'une trempe plus solide, s'avance dans le siècle suivant sous les bannières des sept rois de l'heptarchie. Déjà maîtres de la Grande-Bretagne depuis plusieurs centaines d'années, les Angles et les Saxons, victorieux dans la lutte qu'ils ont soutenue contre les Bretons de Galles, convertis sans peine au christianisme par leur fusion avec les vaincus, sentent se réveiller dans leur ame un goût prononcé pour les études, et, de hardis et turbulents pirates, deviennent des savants et des docteurs. Quelques œuvres d'imagination marquent le commencement de leur carrière ; la cosmogonie de *Cædmon*, le poème héroïque de Béowulf, rappellent les traditions scandinaves, ces traditions si fortes et si vivaces qui dominent toutes les régions du nord ; mais le fond de la littérature anglo-saxonne se résume en chroniques, en commentaires, en dissertations scientifiques et religieuses décorées des noms illustres de *Bède*, d'*Erigène* et d'*Alcuin*, que Charlemagne appela à sa cour pour instruire et civiliser son empire. L'invasion même des pirates danois, en apportant aux états de la Bretagne un nouvel élément d'énergie, n'éteignit point cette ardeur studieuse qui distingue les tribus germaniques. Alfred-le-Grand, Canut-le-Grand, glorieux représentants de cette période, savent manier à la fois l'épée et la lyre, savent vaincre leurs ennemis et adorer leur Dieu, avec cette piété calme et sincère dont ils nous ont transmis l'expression.

Ce sentiment exagéré et méconnu par les successeurs de ces grands hommes, amène l'affaiblissement de la monarchie sous la lourde domination des moines ; la race anglo-saxonne a fait son temps, et Guillaume, à la tête de ses Normands de France, corsaires plus intrépides, plus indomptables, plus aventureux que tous leurs devanciers, a conquis dans une seule bataille tous les royaumes réunis par Egbert. Cette nouvelle race guerrière, fanfaronne, plus occupée de récits que de poèmes, de sarcasmes que d'éloges, de chansons que d'homélies, animée d'un profond mépris pour les peuples qu'elle vient de soumettre, se livre avec ardeur à la littérature légère, aux romans et aux chroniques fabuleuses, ressucite, sans les comprendre, les traditions merveilleuses des Celtes, qu'elle tire, non de l'idiome original, mais du latin dégénéré des moines. Le roman de Brut, le roman du Rou, du trouvère normand Robert *Wace*, et les visions allégoriques d'Adam *de Ross* et de ses obscurs successeurs, furent écrits en dialecte français, quelquefois égayé par les sirventes des ménestrels et des jongleurs, joyeux et indispensables parasites de ces cours d'héroïsme et de folie. Richard Cœur-de-Lion, le preux chevalier, le Henri IV du moyen-âge, est le type le plus accompli de cette époque, qu'il résume par son humeur martiale, en même temps qu'il l'honore et la relève par ses nobles et brillantes qualités.

Après lui, la lutte continue entre les idiomes des vainqueurs et des vaincus, le franco-normand des chevaliers, fiers de leurs conquêtes, de leurs châteaux et des lauriers cueillis dans les Croisades, et l'anglo-saxon des bourgeois et des serfs attachés à la glèbe. Cependant la résistance éclate d'abord contre le roi, ensuite contre les nobles; une guerre plus dangereuse avec la France appelle aux armes les chefs et leurs vassaux. La haine de l'étranger rapproche tous les esprits; elle fait plus, elle rapproche les idiomes ; et, par un édit d'Edouard III, l'anglais, ce compromis étrange, cet amalgame d'éléments contraires, est déclaré langue nationale et consacré dans les actes publics. Cette aurore de la littérature anglaise, entièrement distincte dans son essence des trois époques qui précédèrent son lever, lorsque la barbarie la couvrait de son ombre, voit naître les contes naifs de *Chaucer*, contemporain et ami de Pétrarque, et les ballades de l'infortuné *Jacques* d'Ecosse. *Wiclef* traduit alors la Bible, et le mouvement des intelligences semble déjà présager des chefs-d'œuvre, quand la guerre opiniâtre, acharnée, d'abord contre la France, puis entre les diverses branches de la postérité d'Edouard III, lutte stérile et sanglante des deux roses qui consume la sève du peuple anglais, le jette sans force et sans conscience aux pieds de l'horrible Henri VIII.

Qui eût pensé que ce fût cette époque d'érudition trompeuse et de basse flatterie, ce règne qui pour tant de victimes, ne compta qu'un sage (Thomas *Morus*), que la Providence eût choisi pour préparer la grandeur de la nation anglaise? N'attribuons pas à un roi tyrannique, parjure, meurtrier de sa famille, ni à tous ses vils courtisans, le bien qui a suivi son règne. N'imputons pas la réforme politique, religieuse, littéraire de l'Angleterre à tel nom, à tel caractère qui ne pourrait en soutenir le poids ! Disons plutôt que les temps étaient venus où devait s'éveiller le génie, où la ferme et habile Elisabeth, sévère pour ses sujets, indulgente pour elle-même, devait trouver un sol tout préparé pour des inspirations fortes et puissantes. Pendant que les escadres de l'Angleterre faisaient trembler Philippe II sur son trône, l'élégance française, la finesse italienne s'introduisaient à la cour de la reine; *Spencer* récréait les esprits par sa brillante allégorie de la Reine des Fées, et modelait avec art la langue anglaise en cadences pures et mélodieuses. Enfin, *Shakspeare* parut, Shakspeare, dernier géant du moyen-âge, placé comme Dante sur la limite des siècles pour refléter le passé et l'avenir, Shakspeare, plus surchargé qu'enrichi de toutes ces traditions confuses qui signalent l'existence inexplicable du grand peuple dont il est l'idole; mais qui, par la force de son génie, par sa science profonde du cœur humain, par cette intuition victorieuse qui signale les rois de la pensée, s'est servi de ces traditions diverses, historiques, fantastiques, grecques, romaines, italiennes, anglaises, comme de voiles à moitié diaphanes et tissus d'ombre et de lumière, pour offrir à l'humanité le spectacle de toutes les grandeurs, de toutes les fautes, de toutes les folies, de tous les crimes et de tous les tourments qui agitent sa terrestre carrière. Les drames de Shakspeare, malgré leurs taches nombreuses, sont l'image la plus complète de la vie, dans tous les rangs et dans toutes les nations, qui ait jamais été tracée de main d'homme ; et voilà pourquoi son ombre immense, qui couvre et domine l'Angleterre, se projette en tous sens sur le reste du globe et ne s'évanouira qu'avec lui.

A ces côtés quel autre génie s'élève à la suite de *Raleigh*, guerrier et historien qui expia sa renommée dans le fond d'un obscur cachot? C'est *Bacon,* dont la science admirable, embrassant toutes les connaissances de l'homme, les unit, les coordonne dans un vaste et lumineux ensemble et prépare l'impulsion victorieuse que Descartes donnera à la philosophie. Epoque de crise intellectuelle, qui doit bientôt porter des fruits amers, le siècle d'Elisabeth et de Jacques 1er (lui-même écrivain dogmatique), annonce quelque grande catastrophe qui bouleversera le sol de l'Angleterre.

Cette catastrophe imminente et terrible, Charles 1er en sera la victime, Cromwel l'exécuteur, et *Milton* le poète! Chantre sublime d'un monde de ténèbres dont les passions mugissent dans son Enfer, ardent panégyriste de la révolte dont Satan offre la grande image, il n'entrevoit que dans un long avenir, dans les lointaines vapeurs de l'Eden, dans les lueurs radieuses de l'Empyrée, cette source de consolation et de bonheur qui ranimera l'humanité souffrante. Son siècle est celui de la lutte ; il ferme les yeux pour ne plus le voir ! Mais après qu'un revirement de fortune, passager et frivole comme ceux qu'elle favorise, aura fait paraître sur le trône le voluptueux Charles II, l'imprévoyant Jacques II, et provoqué les chants de *Butler,* les sermons de *Tillotson,* la philosophie de *Locke;* après que *Dryden,* seul digne, après Milton, de manier une lyre dont souvent il abuse, en aura tiré quelques brillants accords, la véritable balance des pouvoirs, ce sage et puissant équilibre vainement anticipé par tant d'esprits, s'établira enfin sous Guillaume III, et le règne fortuné de la reine Anne fera briller sur l'Angleterre des jours purs, dont les sciences et les lettres, paisibles et victorieuses, recueilleront les heureux fruits.

Il est vrai que les élans du génie, les poétiques fureurs de Shakspeare et de Milton, ont fait place à un goût plus modeste, à un style plus châtié et plus correct ; il est vrai qu'à l'exception de *Newton,* qui sut lire dans les astres la loi de l'univers, les prosateurs et les poètes de cette époque se distinguent par une noble élégance plutôt que par une conception hardie. Mais, si l'on considère leur nombre, leur caractère, leur influence sur les mœurs et les habitudes de la nation, la tendance civilisatrice qui ressort de toutes les parties de leurs œuvres, on devra convenir que leur gloire est réelle et qu'ils méritent l'hommage de la postérité. Tous reflètent le siècle de Louis XIV qui venait de briller sur la France, et ce n'est pas à la France qu'il convient de déprécier cette imitation. Aussi lira-t-on toujours avec plaisir les vers purs et harmonieux de *Pope,* exprimant avec noblesse des pensées si profondes et si vraies, les critiques si finies d'*Addison,* les saillies de *Swift* et de *Congrève ;* et, sous les règnes des premiers Brunswick, les austères méditations de *Young,* les riants tableaux de *Thompson* et de *Goldsmith,* les odes sublimes de *Gray* et de *Collins,* les spirituels romans de *Richardson* et de *Fielding,* les vives fictions de *Sterne* et de *De Foe,* auteur trop oublié de Robinson? L'histoire prend un essor rapide sous la plume de *Hume,* de *Robertson* et de *Gibbon ;* l'éloquence de la tribune s'élève avec *Bolingbroke* et *Chatham,* pour atteindre sous *Burke, Pitt* et *Fox* toute la verve et tout l'éclat de Démosthène. Cette période de deux siècles est féconde en beaux noms, féconde en généreux dévouements, et la lutte opiniâtre qui la termine, et dans laquelle l'Amérique et la France, appelées à de nouvelles destinées, ne peuvent briser par trente années de victoires l'opposition tenace d'un seul peuple, a quelque chose d'imposant, d'intrépide, que notre patriotisme repousse, mais que notre impartialité sévère ne peut s'empêcher d'admirer.

Arrivées, par une série de succès dus au bonheur autant qu'à la vaillance, aux chances de la fortune autant qu'à leurs efforts, au plus haut point de force et de puissance, l'Angleterre, l'Ecosse et l'Irlande (l'Irlande que l'Angleterre traîne sanglante à son char) ont produit depuis quarante années, sous George III et ses successeurs, une nouvelle école de poètes, plus hardis, plus entraînants que leurs devanciers. Mêlant les traditions du moyen-âge aux connaissances précises de notre époque, et les fastes historiques de l'Europe aux rêves vaporeux de l'Orient, ces auteurs, partagés en deux camps, sous la bannière de deux hommes de génie, ont essayé tous les sujets, se sont exercés dans tous les genres, en imprimant à chaque production le type original de leur esprit. *Shéridan* dans ses piquantes comédies, *Cowper* et *Campbell* dans leurs poèmes didactiques et lyriques, *Burns* dans ses mélodies écossaises, si pleines de sentiment et de douceur, préludèrent aux poésies si fraîches, si vivantes, si pittoresques de *Walter Scott*, dont tous les sujets sont devenus populaires. Et que sont ces poèmes, justement admirés, à côté de ses productions en prose? Quelle vaste galerie de caractères, qu'elle vérité de fictions, quelle richesse de costumes, quelle profonde connaissance de l'histoire, quel saint respect pour la morale, dans les œuvres si nombreuses et si diverses de cet admirable romancier! Walter Scott a rappelé à la vie, a fait comparaître à nos yeux un monde spécial dans lequel il se meut avec une fécondité inépuisable; touchant de sa baguette magique tous ces morts réveillés de la tombe, qu'il revêt de leurs corps, de leurs armes, qu'il anime de leurs vertus et de leurs vices, qu'il distingue par les traits ineffaçables d'une piquante originalité, qu'il humanise surtout par ces doux souvenirs, ces traditions vénérables de famille, ces sentiments d'amour et de reconnaissance qui vibrent au fond de tous les cœurs. Waverley, Ivanhoe, Kenilworth, noms connus et aimés de toute l'Europe, vous formez, avec tant d'autres noms, une auréole de gloire impérissable sur le front de l'aimable conteur, de l'éloquent ami de l'humanité !

En face de Walter Scott, George *Byron* s'éleva seul ! Seul, dans son isolement sauvage, dans la conscience profonde de son génie, dans sa haine contre l'injustice ou plutôt contre la justice des hommes. Ulcéré dès ses plus jeunes années par un sentiment exalté d'amour-propre, méconnu dans sa supériorité cachée, exclu d'une patrie qu'il renie, mais dont il sera malgré lui l'ornement, Byron a demandé à l'Espagne, à l'Italie, à la Grèce, à l'Asie, ces inspirations entraînantes, ces couleurs vives ou lugubres dont il revêt avec tant de force son effrayante individualité. Partout, dans Don-Juan, Child-Harold, dans le Corsaire et dans Manfred, c'est Byron, le contempteur des hommes, qui paraît dans sa haine douloureuse, dans ses regrets poignants, dans ses brûlants sarcasmes, dans son vague et sublime désespoir. Quelle poésie vivante dans ses images, quels jets de flamme dans ses tableaux ! Dernier représentant d'un scepticisme, qui heureusement s'éteint de jour en jour, Byron a cependant des élans de noble et généreuse sympathie ; son cœur se soulève quelquefois contre son orgueil humilié ; il tremble, il soupire, il espère, il lève en haut ses yeux gonflés de larmes, et, dans ses heures de poétique tristesse, il est comme l'ange déchu pleurant aux portes du ciel. Génie puissant, bizarre, insaisissable, dont

Shakspeare et Milton ont deviné l'image, et qu'ils ont comme initié d'avance à leur glorieux triumvirat!

A sa suite marchent *Crabbe*, peintre trop fidèle et souvent trop cynique des fautes et des misères humaines, *Coleridge*, *Shelley*, dont l'énergie native dégénère quelquefois en enflure, et Thomas *Moore*, le barde irlandais, chantre inspiré des maux de sa patrie, interprète mélodieux et brillant des séduisantes fictions de l'Orient.

En suivant cette série imposante d'écrivains de tous rangs et de tous genres, dont je n'ai pu, dans cette rapide esquisse, effleurer que les sommités; en descendant le courant des âges depuis les temps barbares jusqu'au siècle présent, on remarque, dans la langue et la littérature des peuples de la Grande-Bretagne, six grandes phases ou époques dominantes, distinguées entre elles par des contrastes frappants. Période celtique, période anglo-saxonne, période franco-normande, avant la fixation de la langue, et la naissance du goût littéraire; période ascendante de force et de génie, depuis Elisabeth jusqu'à Cromwel; période stationnaire de pureté et d'élégance, depuis Guillaume III jusqu'à George II; période, dirai-je de décadence ou de renaissance vigoureuse, depuis Georges III jusqu'au moment actuel, où l'Angleterre compte tant d'hommes remarquables? Pour bien apprécier chacune de ces périodes, il faudrait pouvoir les approfondir en elles-mêmes, considérer quels sont les éléments qui entrent dans la composition de chacune d'elles, quels mouvements et quelles vicissitudes en ont constitué le principe, quelle fusion de peuples et d'habitudes en a déterminé la base et modelé le caractère: étude immense et trop abstraite peut-être pour la suivre dans tous ses détails, mais que je présenterai d'une manière générale en ne touchant qu'aux points principaux, de même que, dans la poésie anglaise, je ne m'arrêterai que devant les grands génies. Shakspeare, Milton, Pope, Scott et

Byron seront comme les pivots de ce cours. Mais, avant de contempler ces imposantes figures, nous jetteront un coup-d'œil rapide sur les époques qui les ont précédées et préparées, pour ainsi dire, depuis l'origine de la nation anglaise.

Le premier élément qui se présentera à nous, dans cette appréciation successive, sera celui des anciens Celtes, dont la race couvrait, vous le savez, toutes les plaines centrales de l'Europe, et dont le séjour principal était la Gaule, d'où ils se répandirent sur les îles. Ce sera donc des druides et des bardes, dont les monuments existent jusqu'à nos jours, que j'aurai l'honneur de vous entretenir dans notre réunion prochaine. Permettez toutefois, Messieurs, que j'exprime encore, avant de me retirer, une pensée que ce nom historique de la Gaule réveille spontanément en mon esprit. Puis-je oublier, admirateur de Rome et lecteur assidu de ses chefs-d'œuvre, que je suis ici au centre de la Gaule, dans la presqu'île sacrée signalée par César, dans le sanctuaire des tribus celtiques, dans la ville d'Auguste et de Germanicus? Cette pensée seule de me trouver appelé dans l'ancienne métropole romaine, dans une cité illustrée de tous temps parmi les plus nobles cités de France, eût rendu ma nomination honorable et flatteuse à mon imagination, si votre bienveillant empressement, si l'accueil cordial que vous daignez me faire, si cette réunion imposante de l'élite de la ville de Lyon ne venaient donner à ce sentiment une force et une énergie nouvelles. Oui, Messieurs, je suis heureux et fier de me trouver au milieu de vous, dans cette Académie si sagement et si paternellement dirigée, au milieu de collègues dont le suffrage m'honore. Je chercherai, par mes consciencieux efforts, par l'exposé impartial des sujets que j'aurai à développer devant vous, à obtenir votre attention bienveillante, et à conserver toujours votre estime, récompense précieuse que j'ambitionne et que j'aspire à mériter!

ORIGINE ET AFFINITÉ

DES

LANGUES[1].

—

I.

Le langage, expression de l'ame humaine, est aussi son plus noble attribut. Tout est mélodie dans la nature ; chaque être vivant exprime son existence par un genre d'intonation spécial ; mais ce qui, chez l'animal doué du seul instinct, n'est qu'un cri vague et inarticulé, a dû être chez l'homme, dès son premier réveil, l'image parfaite de la pensée. Qui pourrait peindre l'instant où, sorti du néant, les yeux frappés des merveilles de la nature, les oreilles ravies de ses concerts,

(1) Ces deux fragments, l'un sur les langues en général, l'autre sur les langues de l'Europe, ont été lus par M. Eichhoff à l'Académie royale de Lyon.

et porté par une émotion soudaine à révéler sa propre vie, l'homme parla et proclama à la face de la terre l'empire incontestable de son intelligence ! La Bible nous représente Dieu lui-même, amenant à Adam les milliers de créatures qui peuplaient son nouveau domaine, et lui commandant de leur donner des noms : image énergique et sublime, destinée à prouver à tous les siècles que le langage n'est pas une invention graduelle, fruit de longues et savantes combinaisons, mais une faculté inhérente à l'ame et issue spontanément, comme elle, de la volonté toute puissante et toute sage qui a créé chaque être pour le bonheur.

Sans prétendre expliquer l'origine du langage, aussi mystérieuse que la naissance du premier homme et que l'union de l'esprit et du corps, nous pouvons cependant, jusqu'à un certain point, reconnaître les phases qu'il a subies, et, remontant à travers les âges, nous le figurer dans sa forme primitive. D'après l'état intuitif et sympathique qui, selon toute probabilité, marqua l'enfance du genre humain, et dans lequel l'ame, liée à la nature entière, en était comme le fidèle miroir , le langage, interprète de la pensée, dut être simple et harmonieux comme elle ; chaque son devenait une image, chaque image un reflet de l'univers. Les sons élémentaires pouvaient alors suffire pour peindre toutes les sensations, parce que la perfection des organes et leur extrême délicatesse permettaient sans doute de les varier davantage, et de leur donner une foule d'inflexions diverses, devenues imperceptibles de nos jours. Les voyelles, dans leurs modulations sonores, étaient les cris spontanés de l'ame, et les consonnes, nettement articulées, caractérisaient chaque impression profonde et fixaient d'un seul trait la pensée. C'est ainsi qu'une étroite sympathie, fondée sur des lois immuables, unit le monde visible au monde intellectuel, dont l'interprète unique fut la parole.

Cette parole fut nécessairement analogue aux sensations qui en étaient la source ; les sons mélodieux marquèrent les émotions douces, les sons rauques les secousses pénibles ; la beauté, la légèreté, la force se peignirent par des intonations différentes, et chaque syllabe fut comme une note musicale dont, après tant de siècles écoulés, il nous est donné quelqufois encore d'entrevoir et de saisir la portée. Mais prétendre analyser de nos jours tous ces accords de l'ame et la nature, vouloir dire comment chaque perception rapide de forme, de mouvement, de couleur affecta diversement le sens intime pour rejaillir en un son spécial, est une tâche qu'il serait vain d'entreprendre, et à laquelle les plus ingénieuses hypothèses ne sauraient donner ni but ni certitude. Nous pouvons seulement reconnaître que les mots primitifs ont dû être en petit nombre et tous monosyllabiques ; que chaque élément de ces syllabes, désignant un objet principal, fut bientôt appliqué, avec des combinaisons diverses, à une série d'autres objets analogues qui servirent, à leur tour, de types à de nouvelles analogies ; qu'ainsi, par une marche progressive, les mêmes sons s'attribuèrent à une multitude d'êtres toujours plus éloignés les uns des autres, et dont la filiation, quoique réelle, devenait toujours moins apparente. Guidée par cet instinct de comparaison inhérent à l'esprit humain, la pensée, infinie dans son essence, se plia sous les formes restreintes de la parole, en se conformant à des lois générales qui rangeaient dans la même classe toutes les choses susceptibles d'un rapprochement partiel. C'est ainsi que nous voyons, dans les langues les plus anciennes et les plus voisines de l'enfance du monde, les idées de hauteur et de profondeur, de cavité et de saillie, de chaleur et de lumière, de froid et d'obscurité, s'exprimer l'une et l'autre par le même son comme étant de même origine. Nous reconnaissons aussi dans ces idiomes que le mot qui nomme l'objet, celui qui le qualifie, celui qui l'active et l'anime, ne sont le plus souvent qu'un même monosyllabe, comme on le voit actuellement encore chez les peuples de l'Asie orientale, fidèles dépositaires des traditions des premiers âges.

Bientôt cependant ces formules générales ont dû paraître insuffisantes. L'accroissement de la famille humaine multiplia les rapports et les besoins, l'esprit inventif modifia les objets matériels, et s'empara du domaine de la nature pour l'adapter à son usage. Dès-lors, le langage dut grandir avec l'homme. En suivant les règles de l'analogie, on commença à transporter les sons fondamentaux de l'individu à l'espèce, de la réalité à l'abstraction ; on isola les qualités de chaque chose pour les appliquer à diverses choses du même genre ; on distingua l'action passagère de l'être permanent qui la produit ; on suppléa par l'emploi de quelques mots connus à la répétition fastidieuse des mêmes noms ; enfin, on détermina l'échelle des nombres, les rapports de temps et de lieux, et toutes les circonstances accessoires. C'est ainsi que les parties logiques du discours, sans cesse présentes à la pensée humaine, lors même qu'elle ne les exprime pas, se dessinèrent clairement dans le langage sous les formes de substantifs, d'adjectifs, de verbes, de pronoms, de particules. Les relations mutuelles des objets et les époques précises des actions diversifièrent bientôt ces divisions mêmes par la déclinaison et la conjugaison. Pour répondre à tant d'exigences, à tant de variations d'une même idée, les mots purent d'abord être groupés entre eux en conservant leur valeur respective ; mais la continuelle rencontre des syllabes qui, dans la richesse croissante des idées, s'associaient et s'agglomeraient sans cesse d'après toutes les combinaisons de l'esprit, réduisit bientôt l'une ou l'autre d'entre elles au simple rôle de préfixe ou de désinence ; elles s'unirent en se modifiant, et leur union devint permanente : dès-lors un même mot contint plusieurs idées, le langage cessa de se traîner dans une voie devenue trop étroite, et, prenant enfin son essor, il devint polysyllabique.

La langue avait cessé d'être une, et son développement, aussi varié que rapide, partagea toutes les vicissitudes des peuplades qui se répandirent sur la surface du globe. Bientôt séparées par de longs intervalles, par des montagnes, des fleuves et des mers, intervalles que de grandes révolutions terrestres contribuèrent à augmenter encore, ces peuplades élaborèrent chacune leur langue sous les influences les plus opposées. Mélodieuse dans les régions tempérées, sourde et brève sous les feux des tropiques, forte et âpre dans les glaces du nord, elle peignit la vie contemplative du pâtre, la course haletante du chasseur, les cris menaçants de la tribu guerrière ; elle s'associa au sort de chaque horde, s'appauvrit par la barbarie, se propagea par la conquête et s'ennoblit par la civilisation. Au milieu des mouvements tumultueux de l'immense population humaine, une foule de tribus tombèrent à l'état sauvage en s'éloignant du premier centre de lumières, tandis que d'autres, plus fortunées, s'élevèrent à un haut degré de culture. Chez les premières, sans cesse agitées et divisées entre elles par des guerres intestines, la langue, déjà dégénérée, se morcela en une multitude d'idiomes aussi vagues et aussi mobiles qu'ils étaient bizarres et incohérents. Chez les nations civilisées au contraire, chez celles qui, par les bienfaits d'un sol fertile et d'une possession permanente, purent vivre d'une vie intellectuelle et connaître les sciences et les arts, la langue se perfectionna et s'étendit d'une manière constante et uniforme, et n'eut d'autres limites que leurs propres frontières. C'est ainsi que les idiomes de l'Europe et une partie de ceux de l'Asie ont une physionomie identique, tandis que ceux de l'Afrique et de l'Amérique diffèrent presque dans chaque bourgade.

C'est en parcourant la chaîne entière des langues, en jetant un coup-d'œil sur ce tableau mobile soumis à une rotation continuelle, dans laquelle la parole humaine se reflète sous mille nuances diverses, que l'on reconnaît avec admiration l'unité et la variété de la nature. Unité dans l'essence même du langage, dans l'expression concise des idées simples, dans l'échelle limitée des sons fondamentaux, qui ne sont guère qu'au nombre de cinquante ; variété dans leurs combinaisons infinies, dans l'abstraction et l'assimilation des idées mixtes, dans les formes de chaque idiome spécial, qui caractérisent les progrès de chaque peuple, et qui, des cris discordants du sauvage, s'élèvent jusqu'à l'inspiration du poète et à l'éloquence de l'orateur. Combien d'idiomes, plus ou moins élaborés, ont déjà disparu de la surface du globe, combien d'autres se sont confondus, transformés par des révolutions violentes, ou modifiés et altérés par la marche progressive des siècles, comme ils se modifient encore tous les jours, sans que les efforts de la science ni les chefs-d'œuvre de la littérature puissent arrêter ce mouvement irrésistible imprimé à toutes les choses terrestres ! On est parvenu, d'après les recherches modernes, à esquisser, avec assez de précision, les divisions éthnographiques du globe. Pour nous, sans nous étendre sur ce vaste sujet, nous n'en présenterons ici que quelques traits épars, propres à faire ressortir d'une manière plus frappante l'intime et merveilleuse affinité qui unit entre elles les langues européennes.

L'histoire des langues, comme on l'a souvent dit, est la base de l'histoire des nations. Au milieu des épaisses ténèbres qui couvrent les premiers âges du monde, parmi tant d'erreurs et de fables dont chaque peuple a environné son berceau, elle est comme un fil conducteur qui nous dirige, sinon avec certitude, du moins avec méthode et probabilité, en marquant, dans la famille humaine, les analogies et les différences, en caractérisant chaque génération successive, et en signalant sur le sol les traces de son rapide passage, que tant d'évènements postérieurs paraissaient avoir effacées sans retour. En effet, que nous apprend l'histoire générale sur les premiers établissements des hommes, sur leurs rapports, sur leurs divisions, sur la formation des tribus et leur dispersion respective ? Qui a suivi leur marche silencieuse à travers les déserts, les fleuves et les montagnes, et observé ce vaste réseau de peuples s'étendant progressivement sur la terre ? Un seul livre, dans quelques pages sublimes, nous laisse entrevoir cet imposant mystère ; mais, se bornant aux grandes vérités, il proclame l'unité primitive des nations sans tracer le tableau de leurs vicissitudes. Là où l'histoire se tait, où la tradition révélée s'arrête, quel guide nous reste encore dans cette recherche d'un si haut intérêt, sinon l'ethnographie comparée, qui peut, jusqu'à un certain point, reconstruire le monde à sa naissance, en retraçant, au moyen de la linguistique et de la géographie réunies, le mouvement général de sa population ?

C'est un fait unanimement reconnu que notre globe, dans l'origine, était entièrement recouvert par les eaux qui, en baissant graduellement de niveau, laissèrent à découvert un tiers de sa surface, devenu la terre habitable. Sur cette vaste étendue que le soleil féconde et que tempèrent les divers climats, habitent, parmi les myriades d'êtres semés par une main toute puissante, plusieurs races ou variétés de l'espèce humaine que l'on peut réduire à cinq principales, soit d'après leur teinte dominante, blanche, jaune, rouge, brune et noire ; soit d'après l'inclinaison de l'angle facial, signe palpable de leur intelligence, qui suit presque la gradation des couleurs. Ces variétés, sans être radicalement distinctes, puisqu'elles s'unissent en nuances intermédiaires, offrent cependant, au physique comme au moral, des caractères assez opposés, qui se reflètent naturellement dans les langues. Les langues découvertes jusqu'à ce jour paraissent s'élever à environ deux mille ; mais il est probable qu'en les approfondissant davantage, on réduira de plus en plus leur nombre, et l'on reconnaîtra, sous les apparences les plus diverses, une foule d'affinités primitives et réelles qui tendront constamment vers l'unité, la loi fondamentale de la nature.

Le point de jonction des diverses races, tel qu'il nous apparaît sur la mappemonde, se trouve placé dans l'antique Asie, autour de ce plateau gigantesque qui, assis sur des bases immuables, couronné des pics les plus élevés, semble être le centre de la terre et le berceau de l'humanité. En effet, si l'on se figure les eaux qui, longtemps sans doute, couvrirent le globe, s'écoulant de sa surface soulevée par les feux souterrains, on verra l'Himalaya et l'Altaï, et leurs rameaux le Kuenlün et le Caucase, sortir les premiers de ce chaos informe et refléter la lumière du jour. C'est à leurs pieds que fleurissent ces délicieuses vallées qui, produisant d'elles-mêmes les plantes alimentaires et les animaux domestiques, ont pu offrir à l'homme, dès son réveil, les premières ressources de la vie. C'est autour d'eux que la figure humaine, les climats, les mœurs, les idiomes, existent simultanément sous les formes les plus variées et dans le contraste le plus complet. D'un côté, l'Asie orientale, presqu'entièrement peuplée par la race jaune, qui s'étend, à travers la Chine, la Mongolie et la Sibérie, jusqu'aux deux Amériques où pullulent les peaux rouges; de l'autre, l'Asie méridionale dont l'extrémité est occupée par la race brune, répandue, sous le nom générique de Malais, sur toutes les îles de l'Océanie, où elle touche aux nègres de l'Afrique et aux nègres plus abrutis de l'Australie ; de l'autre enfin l'Asie occidentale et l'Afrique septentrionale occupées par la race blanche.

Ici, un examen plus attentif nous montrera d'abord le groupe indo-persan, divisé en deux familles de peuples, dont l'une, celle des Hindous, entre l'Indus et le Gange, parle vingt idiomes issus de l'ancienne langue sanscrite ; l'autre, celle des

Persans, entre l'Indus et le Tigre, conserve les traditions de la langue zende. Les uns touchent au midi à la famille malabare, les autres au nord à la famille ossète. Plus haut, de l'Euphrate à la mer Rouge, subsistait, et subsiste en partie, le groupe chaldéen ou sémitique, composé des anciens Assyriens, des Phéniciens, des Hébreux dépositaires de la loi sainte, et des Arabes, dont le riche idiome s'étend aussi loin que l'islamisme. Plus haut encore, de l'Altaï au Taurus, domine un groupe varié et nombreux, comprenant la famille turque, originaire des steppes de la Tatarie, la famille arménienne, la famille géorgienne, et enfin les tribus du Caucase, vulgairement confondues sous le nom de Circassiens.

Dans le nord de l'Afrique, la race blanche a produit, sur les rivages du Nil, la nation égyptienne, célèbre par sa mystérieuse sagesse, la famille nubienne, la famille abyssine, qui a adopté en partie la langue arabe, et, sur les côtes de la Méditerranée, les anciens Numides ou Berbères.

Le coup-d'œil rapide que nous venons de jeter sur les divisions les plus anciennes de la race privilégiée, de celle qui a été appelée de tout temps à tenir le sceptre du monde, n'a d'autre but que de montrer plus clairement, d'après son premier point de départ, l'extension glorieuse qu'elle a prise dans la partie de la terre la plus connue, où s'est manifestée toute sa grandeur.

II.

Sous la zone tempérée de l'hémisphère boréal, s'étend un continent baigné par trois mers et borné au sud par l'Afrique, à l'est par l'Asie dont il est le prolongement. Ici les hauts plateaux, les pics inaccessibles, les fleuves immenses du monde primitif font place à des formes moins austères, à des plaines légèrement ondulées, soutenues par quelques chaînes de montagnes, et entrecoupées de rivières navigables. Aux chaleurs brûlantes et aux froids excessifs succède une température plus douce ; les animaux sont moins nombreux, moins redoutables; la végétation, dépouillée de sa surabondance, résiste moins aux efforts de l'art ; toute la nature offre un aspect plus calme, et ne semble attendre, pour s'animer, que l'impulsion de la volonté humaine. C'est le séjour que la Providence a destiné au perfectionnement de l'humanité, au sortir de la vie instinctive dans laquelle végétèrent ses premiers âges ; c'est l'Europe, patrie de l'intelligence, de l'industrie et de la liberté.

Tous les Européens sont venus de l'orient ; cette vérité, confirmée par les témoignages réunis de la physiologie et de la linguistique, n'a plus besoin de démonstration particulière. Il suffit d'ailleurs de jeter les yeux sur la carte pour en sentir l'évidence et la nécessité. L'Europe, touchant l'Asie sur tous les points de sa surface orientale, et effleurant l'Afrique à l'occident, a offert, par les défilés de l'Oural, par ceux du Caucase, par le Bosphore de Thrace et même par le détroit de Gadès, des passages faciles aux tribus de race blanche que l'accroissement de la population et l'activité de leur génie poussaient sans cesse, de l'est à l'ouest, à la recherche d'une patrie nouvelle. Si l'histoire ne nous dit rien de positif sur ces migrations antiques et continues, si nous sommes réduits à de vagues traditions qui semblent souvent se contredire, c'est qu'elles ont précédé toute histoire et se perdent dans la nuit des siècles. Longtemps ces tribus errantes, refoulées par d'autres tribus, ont continué leur marche incertaine à travers les plaines de l'Europe, longtemps elles ont lutté entre elles, se sont divisées, modifiées, réunies, avant que quelques-unes des plus favorisées aient pu consolider leur puissance ; et, quand deux grands empires s'élevèrent dans le midi, le nord, longtemps encore, végéta au fond de ses forêts, avant qu'un cri de guerre, parti du centre de l'Asie, ébranlât dans sa base cette terre surchargée d'hommes, et fit jaillir, du sein de la barbarie, une ère nouvelle de lumière et de foi. A cette époque décisive, où l'Europe tout entière se déploie aux regards de l'historien, et lui apparaît comme une vaste arène couverte d'innombrables combattants, il reconnaît, parmi les peuples qui l'occupent, six divisions fondamentales, chacune marquée, dans sa physionomie, ses traditions et ses idiomes, d'un type spécial et indélébile qui atteste des migrations différentes dirigées successivement d'orient en occident. Parmi ces familles, dont les régions et les mers déterminent les limites naturelles, une semble se rattacher au nord de l'Afrique, une au nord de l'Asie, et les quatre autres, d'après l'analogie des langues, appartiennent d'une manière évidente au système indo-persan, ou plutôt indo-européen.

L'extrémité sud-ouest de l'Europe, de l'Atlantique aux Pyrénées, a été occupée dès l'antiquité par une famille de peuples entièrement étrangère à l'Inde, et qui, venue sans doute par le littoral africain, semble être originaire de l'ouest de l'Asie, de la région des langues chaldéennes. Cette famille, appelée ibérienne, a produit en Espagne, les Turdetains, les Lusitaniens, les Cantabres ; en Gaule, les Aquitains ; en Italie, les Ligures, qui tous, après de longues luttes, incorporés dans l'empire romain, n'ont transmis leur riche et curieux idiome qu'à la seule tribu des Vascons ou Basques, restés indépendants dans leurs montagnes où ils l'ont conservé jusqu'à nos jours.

L'extrémité nord-est de l'Europe, du Volga à la mer Blanche et de l'Oural au cap Nord, est habitée par une famille nombreuse que l'on a désignée sous le nom d'ouralienne, et qui, également étrangère à l'Inde, se rattache par ses idiomes au nord-ouest de l'Asie, où elle obéit, comme en Europe, à l'empire russe. Plus formidable au moyen-âge, elle a produit les Huns et les Avares. Elle se subdivise maintenant en Finnois, en Esthoniens, en Lapons; en Tchérémisses sur les bords du Volga, en Permiens aux pieds de l'Oural, et en Magyars ou Hongrois, indépendants aux confins de l'Allemagne.

L'Europe occidentale, des Pyrénées au Rhin et des Alpes à l'Atlantique, a été de temps immémorial le séjour de la famille celtique, qu'on a longtemps crue aborigène, mais que la comparaison des langues et plusieurs autres circonstances nous représentent comme la première migration indienne qui ait pénétré en Europe, et qui, grossie peut-être de quelques tribus finnoises et refoulée par d'autres migrations, n'a arrêté sa course aventureuse que sur les côtes de l'Océan. Partagée en deux branches distinctes, les Gaëls et les Cymres, son centre de domination était la Gaule, où les premiers formèrent les états des Eduens, des Séquanes, des Arvernes, des Helvètes, et d'où ils se répandirent dans les Iles Britanniques sous le nom de Pictes et d'Hiberniens, dans l'Italie, sous celui d'Ombriens, dans l'Espagne sous celui de Celtibères, tandisque les autres, divisés en Belges ou Celto-Germains, en Boïens, en Armoricains, envahirent plus tard l'Angleterre sous le nom de Bretons, et repoussèrent leurs devanciers vers le nord. Forcés, après des guerres sanglantes, de se soumettre à la puissance romaine, et subjugués ensuite par les Germains qui s'incorporèrent à eux de toutes parts, les Celtes n'ont conservé leur idiome et une partie de leur nationalité que dans deux rameaux peu nombreux : d'un côté, les paysans d'Irlande et les montagnards d'Ecosse, issus des Gaëls, parlant l'irlandais et le gaëlique, de l'autre les habitants du pays de Galles et de la Bretagne française, issus des Cymres, parlant le welch et le breton.

L'Europe septentrionale, s'étendant du Rhin aux Carpathes et des Alpes à la mer Glaciale, est l'antique séjour de la famille germaine, autre rejeton de la souche indienne, identique peut-être aux Scythes d'Europe qui suivirent de près les traces des Celtes. Arrivée d'Asie par le Caucase et remontant le cours du Danube, une première branche de cette famille a dû se porter au cœur de l'Allemagne, où elle a formé en divers temps les tribus guerrières des Teutons, des Suèves, des Francs, des Boïares, des Allemands, tandisqu'une autre, longeant l'Elbe, produisait celles des Saxons, des Lombards, des Vandales, des Angles, transplantés plus tard en Grande-Bretagne. Une autre, suivant les rives de l'Oder, peuplait toutes les côtes de la Baltique, sous les noms de Suions et de Normands, tandis que les Goths, les derniers de la race et les plus redoutables de tous, brisaient le sceptre de Rome dégénérée et renouvelaient la face de l'occident. Les idiomes de ces tribus conquérantes qui s'étendirent sur tout l'ouest de l'Europe, sans renoncer au sol de leur patrie, offrent, dans les monuments qui nous restent, quatre divisions principales : rameau gothique, éteint de nos jours, mais conservé dans la Bible méso-gothique d'Ulfilas ; rameau tudesque, représenté jadis par le francique et l'allemanique et maintenant par l'allemand moderne ; rameau saxon, représenté jadis par le friso-saxon et l'anglo-saxon et maintenant par le hollandais, le flamand et l'anglais ; rameau scandinave ou normanique, composé de l'islandais, du suédois et du danois.

L'Europe orientale, vaste plaine qui règne des Carpathes à l'Oural et de la Baltique à la mer Noire, a été envahie par la famille slavonne, issue sans doute des anciens Sarmates, qui, également d'origine indienne, paraissent être entrés en Europe à la suite des Germains, occupant successivement le territoire que ceux-ci laissaient derrière leurs pas. Refoulés ensuite et en partie soumis, les Slaves se rejetèrent sur la région orientale, où les Jazyges, les Roxolans, les Serbes, les Vendes étendirent au loin leurs possessions aux dépens des tribus finnoises, et finirent par se consolider, après bien des luttes meurtrières, dans la Russie, la Servie, la Bohême, la Pologne et la Lithuanie. Leurs idiomes constituent trois grandes divisions, analogues à celles des peuples qui les parlent : rameau servien, comprenant l'ancien esclavon, conservé dans la Bible de Cyrille, le russe, le serbe et le carnien actuels; rameau vénède, comprenant le bohême, le polonais et le vende ; rameau letton, comprenant l'ancien prussique, le latiche et le lithuanien.

L'Europe méridionale, bornée par les Alpes et l'Hémus, la Méditerranée et la mer Noire, présente, en y joignant l'Asie Mineure, les trois plus belles péninsules de la terre. C'est là qu'à une époque comparativement assez récente et qui a dû suivre toutes les autres migrations, une portion considérable de la population indienne, que nous appellerons famille thrace, pélagique ou romane, est venue féconder par son génie un sol docile à la culture, et répandre sur toute l'Europe sa lumière régénératrice. Une branche de cette famille, franchissant la dernière le Taurus, a pu occuper, dans l'Asie-Mineure, la Phrygie, la Lydie, la Troade, et, passant ensuite le Bosphore, s'arrêter dans les plaines de la Thrace, tandisqu'une autre la précédait en Thessalie et peuplait la Grèce et le Péloponèse, où sous les noms de Pélages et d'Hellènes et plus tard sous ceux d'Eoliens, d'Ioniens, de Doriens, d'Achéens, elle réunit à ses propres traditions les arts de la Phénicie et de l'Egypte, qu'elle reproduisit en chefs-d'œuvre immortels. Longtemps avant que son empire, centralisé par les Macédoniens, se fut étendu jusqu'à la haute Asie, ses nombreuses colonies maritimes portaient sa civilisation dans les îles et sur le continent de l'Italie, où d'autres branches de la même famille, longeant les bords de l'Adriatique, s'étaient établies plus anciennement encore, d'un côté sous le nom de Tusques ou d'Etrusques, de l'autre sous celui d'Ausones ou de Latins. L'état romain, si faible à sa naissance, s'accrut par la fusion des tribus limitrophes, et, triomphant successivement de tous les peuples, finit par se les assimiler tous. Sa puissance absorba les Ibères et les Celtes dont les idiomes se modelèrent sur le sien, modifié toutefois à son tour par le contact hostile des Germains. C'est ainsi que trois vastes rameaux s'élèvent successivement de la souche thrace, la plus riche, la plus majestueuse de toutes celles qui fleurirent sur la terre : d'un côté le rameau phrygien, composé des langues éteintes des Phrygiens, des Lydiens, des Troyens, dont quelques vestiges se retrouvent dans l'albanais; de l'autre le rameau héllénique, illustré par le grec, la plus noble des langues, et continué dans le romaïque ; de l'autre enfin, le rameau italique, qui, comprenant l'étrusque, l'osque, le latin, a reverdi au moyen-âge dans la langue d'oc et la langue d'oil, dont l'une a produit l'espagnol, le portugais, l'italien, le valaque, le roman, l'autre, la langue française actuelle, reflétée en partie dans l'anglais.

Les diverses langues que nous venons d'énumérer, les unes glorieuses, les autres obscures, mais toutes assez élaborées pour suffire aux besoins de chaque peuple, apparaîtraient peut être à l'œil inattentif comme autant d'individualités distinctes, subsistant par elles mêmes, indépendantes les unes des autres. Toutefois un examen plus sérieux amènera bientôt à reconnaître, dans les limites d'une même famille, des analogies, des ressemblances frappantes qui rapprochent entre eux les idiomes, qui les unissent et les groupent en rameaux, et les rameaux eux-mêmes en souches fécondes, et qui justifient pleinement par l'expérience les divisions que nous venons d'établir. Ce résultat est acquis à la science et admis d'un consentement unanime, depuis que les peuples de l'Europe ont pu se connaître et s'entendre parler.

Mais il est un autre point plus difficile sur lequel les avis, longtemps partagés, ne commencent que depuis quelque temps à pencher vers une solution positive, c'est le rapport mutuel des grandes familles de peuples que nous venons d'énumérer en Europe, et particulièrement des quatres dernières, celtique, germaine, slavonne et thrace, soit dans leur essence, soit dans leurs développements; rapport intime, rapport irrécusable, que l'antiquité n'a pu connaître, mais dont la preuve ne pouvait échapper à ce siècle investigateur auquel la Providence semble avoir réservé d'apercevoir enfin toute l'étendue du monde. En effet, c'est au fond de l'Inde, à travers des milliers de lieues, que les Européens ont dû aller chercher le type sacré de leur origine; c'est là qu'ils ont trouvé le sanscrit, cet antique et vénérable idiome qui, conservé depuis près de quarante siècles dans des monuments littéraires dont la série embrasse tous les âges, leur a subitement révélé, par son apparition merveilleuse, l'origine commune de leurs idiomes, de leurs découvertes et de leurs arts. Riche d'un alphabet de cinquante lettres, classées d'après les organes de la voix, joignant à la variété des modulations la plus exacte symétrie, et à la multitude des combinaisons la clarté la plus admirable, le sanscrit, que l'on pourrait appeler l'indien par excellence, représente et résume toutes les langues de l'Europe, à travers le temps et l'espace, comme un orgue colossal dont les échos se croisent sous l'effort de vents opposés. Les sons fondamentaux sont les mêmes dans leur expression séculaire, les syllabes radicales se correspondent d'une manière régulière et complète, avec les seules modifications imposées par l'effet inévitable des climats. C'est ainsi que la prononciation de chaque famille distincte, les lois de l'euphonie, la physionomie des mots ont varié dans des proportions diverses, toujours soumises à certaines règles fixes, mais n'altérant jamais l'essence même du langage ou son identité primitive. C'est ainsi, que d'une famille, d'un rameau, d'une langue spéciale à l'autre, ces divergences se font sentir avec une intensité toujours moins forte, jusqu'à ce qu'elles se réduisent enfin à de simples désinences, à des nuances délicates et légères dans l'emploi figuré de chaque mot. La clef de voûte de tout cet édifice, le point central vers lequel aboutissent toutes ces modifications d'un même type, tous ces rayons partis d'un même foyer, est sans contredit la langue indienne telle qu'elle existe dans les livres des Brahmes, dépositaires des fastes de leur patrie, et telle qu'elle se déploie majestueusement dans les quatre périodes de sa littérature. L'âge primitif et religieux, marqué par les antiques Védas, est suivi des temps héroïques, illustrés par les lois de Manus, par les Puranas ou annales mythologiques, et par les deux poèmes gigantesques du Ramayan et du Mahabharat, dont les chantres, Valmikis et Vyasas, à la fois poètes et philosophes, apparaissent comme deux nobles figures, rivales et contemporaines d'Homère. Puis vient l'époque élégante et polie où, peu de temps avant Virgile, Jayadévas dans ses élégies pastorales, Kalidasas dans sa gracieuse Sakuntala, surent tirer du luth indien les sons les plus suaves et les plus purs. Ce fut aussi l'époque philosophique, érudite et grammaticale, suivie bientôt de la décadence qui marqua les siècles postérieurs, et l'Inde, sœur aînée de l'Europe, atteignait sa décrépitude quand celle-ci préludait à peine aux merveilles de la renaissance. Toutefois sa langue lui est restée, et cet idiome mélodieux et grave, divisé dès son origine en sanscrit, pracrit, pali, zend, chez les peuples de l'Inde et de la Perse ancienne, subsiste encore au fond de toutes les langues parlées, non-seulement du Gange au Tigre, mais encore de Ceylan à l'Islande et de la mer des Indes à l'Atlantique.

Il suffit, en effet, de jeter un coup d'œil sur les éléments constitutifs de la langue indienne, sur ses règles de formation et d'euphonie, sur ces racines, extraites au nombre de mille par les soins de judicieux grammairiens, et dont six cents au moins se retrouvent parfaitement identiques dans les langues de l'Europe, pour être convaincu de la vérité irrécusable de l'assertion que nous venons d'émettre. Son alphabet de cinquante lettres, échelle harmonique presque complète, divisée selon la loi de la nature, d'un côté en modulations ou voyelles, de l'autre en articulations ou consonnes, gutturales, palatales, dentales, linguales, labiales, avec les nuances de nasales et de sifflantes, de fortes, de faibles et d'aspirées, s'adapte à tous les sons de nos idiomes avec une force et une plénitude d'expression auquel n'a jamais pu atteindre l'incohérent alphabet phénicien. Sa déclinaison, composée de trois genres, de trois nombres et de huit cas, embrasse toutes les désinences casuelles réparties dans les langues les plus complètes.

Sa conjugaison, composée de trois voix, de six modes et de six temps, offre les augments et les redoublements grecs, les créments latins et gothiques, les intercalations slavonnes, et des flexions personnelles si bien marquées qu'on y reconnaît partout le type pronominal. Enfin, les pronoms eux-mêmes, les prépositions, les verbes, les noms de nombre, les principaux adjectifs et substantifs, tels que les noms d'éléments, d'animaux, de rang, de parenté, d'ustensiles se correspondent d'une manière identique dans toutes les divisions de ce vaste système, avec les seules modifications imposées par l'intervalle des climats et des siècles.

Ici se manifeste encore un phénomène qui peut venir en aide à l'histoire, c'est la gradation d'affinité entre le sanscrit et les quatre familles de peuples échelonnées en Europe, gradation qui semble être en rapport avec leur séparation successive de la souche commune, et marquer les différentes phases du perfectionnement de la langue mère. Ainsi, les Celtes relégués à l'occident, ne reproduisent, pour ainsi dire, l'idiome sanscrit, que dans les racines fondamentales, dépouillées de leurs terminaisons et modifiées par une prononciation étrangère, qui change les consonnes fortes en aspirées, les faibles en fortes ou en nasales. Chez les Germains, mêmes altérations, mais dans une extension moins grande, et avec des terminaisons plus sonores. Chez les Slaves, maintien des consonnes indiennes et simple déperdition des voyelles. Chez les Thraces, Grecs ou Romains, détachés les derniers du centre de lumière, consonnes et voyelles parfaitement conservées, souvent même étendues et précisées, ainsi qu'on l'observe surtout par les voyelles médiales (*a*, *e*, *o*, brefs), qui, dans le sanscrit, sont confondues en *a*. Nous assistons ainsi à la croissance et au développement progressif de cet arbre séculaire qui a couvert de ses rejetons près du tiers de la terre, sans rien perdre de sa vigueur native, sans laisser choir aucun de ses antiques rameaux; car, si dans les divers idiomes issus de cette souche si féconde, des expressions diverses ont prévalu pour peindre un seul et même objet, on est certain de les retrouver toutes reproduites ensemble dans le sanscrit, dont les racines fondamentales déterminent leurs nuances primitives.

Pour justifier des promesses si brillantes, et les prouver par l'exposé des faits, nous aurions besoin de beaucoup plus d'espace que ne peuvent nous en fournir ces feuilles. Nous renverrons donc ceux qui s'y intéressent aux ouvrages publiés sur ce sujet si vaste, et particulièrement à notre Parallèle, dont nous n'extrairons ici que trois ou quatre exemples d'une application générale.

Dans les langues les plus anciennes et les plus complètes de l'Europe, le nominatif masculin est marqué par une sifflante, le féminin par une voyelle, le neutre par une nasale qui disparaît quelquefois. Ces signes caractéristiques sont exactement ceux du sanscrit ; exemple : *navas, â, am*, ou *navyas, yâ, yam*, nouveau, correspondant au grec νεος, α, ον, au latin *novus, a, um,* au gothique *nivis, ia, i,* au lithuanien *navias, ia, ia.* Ce mot est identique dans tous les autres idiomes : italien *nuovo,* espagnol *nuevo,* français *neuf,* allemand *neue,* anglais *new,* suédois *nya,* esclavon *nov',* russe *novyi,* polonais *novi,* irlandais *nua,* gallois *neu* ; coïncidence frappante et tout-a-fait inexplicable pour quiconque rejèterait la communauté d'origine.

Les trois flexions personnelles des verbes, au singulier et au pluriel, marquées par les consonnes *m, s* ou *th, t* ou *nt,* ont pour bases les pronoms personnels et démonstratifs *ma, tva, ta* (grec με, σε ou τε, το), communs à presque toute l'Europe.

Le verbe substantif est reproduit dans nos idiomes par des formes en partie analogues, en partie incompatibles entre elles, au point que dans la plupart des grammaires il figure comme une exception à toutes les règles. Or, les Indiens possèdent quatre racines qui expriment l'existence avec des nuances diverses, mais toutes subordonnées à l'idée principale. Ces racines sont : *as, vas, bhû, sthâ,* dont chacune a sa conjugaison complète. En conjuguant la première : *asmi, asi, asti,* on retrouve l'indicatif présent grec : εἰμι, εἰς, ἐστι ; latin : *sum, es, est* ; gothique : *im, is, ist* ; anglais : *am, art, is* ; lithuanien : *esmi, essi, esti* ; russe : *esm', esi, est'* ; irlandais : *is mi, is tu, is e* ; ainsi que le futur, l'impératif, et le subjonctif *syâm,* latin *sim,* français *sois,* allemand *sey,* qui en dépendent. La racine *vas* fournit l'imparfait gothique *was,* allemand *war,* anglais *was.* La racine *bhû* (grec φυω) donne le parfait latin *fui,* français *fus,* esclavon *bych,* gallois *bum ;* le présent allemand *bin,* et le futur russe *budu.* Enfin, la racine *sthâ* (grec σταω, latin *sto*) domine dans les formes italiennes, espagnoles, françaises : *stava, estava, étais, été, être,* que nous prononçons à chaque instant sans nous inquiéter de leur source.

L'idée de Dieu, à la fois la plus simple et la plus illimitée de toutes, a été désignée par les nations de l'Europe sous trois attributs principaux, pâles reflets de sa grandeur suprême. Chez les peuples du midi et de l'ouest, Dieu est splendeur, lumière : grec, δις, θεος; latin *deus*, espagnol *dios*, italien *dio*, français *dieu*, irlandais *dia*, gallois *duw*, ainsi qu'en lithuanien *dievas*. L'origine commune de tous ces mots se retrouve dans l'indien *daivas*, génie, dérivé (comme les noms du ciel et du jour, grec δαος, latin *dies*), de la racine *div*, récréer, resplendir. Chez les peuples du nord, Dieu est pureté, vertu : gothique, *guth*, allemand *gott*, anglais *god*, suédois *gud*, analogue au mot *gut*, qui exprime la bonté, et qui se retrouve dans l'indien *çudhas*, pur, dérivé du verbe *çudh*, purifier. Chez les peuples de l'est, Dieu est prospérité, bonheur : esclavon *bog*, russe *bog*, polonais *bog*, analogue au mot *bagas* qui exprime la richesse, et qui se retrouve dans l'indien *bhâgas*, fortune, dérivé du verbe *bhaj*, distribuer. Ainsi, dans cet exemple comme dans mille autres, c'est au sanscrit qu'il faut avoir recours lorsqu'on veut pénétrer à la source des images employées sous des influences diverses, pour peindre l'idée la plus usuelle comme la plus grande et la plus ineffable.

Au moment où j'achevais de rédiger ces lignes, une catastrophe subite, épouvantable, est venue consterner la France. Celui qu'elle pleure fut mon élève ; je puis le dire avec orgueil et avec douleur. Lui aussi aimait l'étude des langues ; il en avait appris un grand nombre qu'il parlait avec une rare perfection. Mais qu'était ce talent, d'ailleurs si remarquable, à côté de ses brillantes qualités ? Quelle justesse de vues, quelle variété de connaissances, quelle bienveillance de cœur, quelle noblesse de sentiments ! Il était réellement le prince de la jeunesse, le modèle accompli de la génération nouvelle, dont ses efforts, ses travaux, ses dangers tendaient sans cesse à préparer le bonheur. Puisse-t-elle au moins honorer sa mémoire! Puisse-t-elle reporter l'affection qu'elle lui doit, dans une vive effusion de regrets et d'espérances, sur le roi vénérable dont il suivait l'exemple, sur la mère et l'épouse dont il était l'idole, sur ses frères, ses sœurs, ses enfants, sur toute cette auguste famille qui s'était complètement personnifiée dans le caractère si pur, si généreux, si héroïque de Ferdinand d'Orléans!

OUVRAGES DE M. EICHHOFF.

Etudes grecques sur Virgile, avec le texte latin complet, rapproché de ses modèles dans l'antiquité grecque et de ses imitations chez les modernes ; ouvrage adopté par l'Université. 3 vol. in-8°.

Parallèle des langues de l'Europe et de l'Inde, ou Etude des principales langues romanes, germaniques, slavonnes et celtiques, comparées entre elles et à la langue sanscrite, avec un essai de transcription générale. 1 vol. in-4° avec tableaux.

Cours de littérature allemande au moyen âge ; professé à la Faculté des lettres de Paris. 1 vol. in-8°.

Histoire de la langue et de la littérature des Slaves, russes, serbes, bohêmes, polonais et lettons, considérés dans leur origine indienne, leurs anciens monuments et leur état présent. 1 vol. in-8°.

Dictionnaire étymologique des racines allemandes, avec leur signification française et leurs dérivés classés par familles, par F. Eichhoff et W. Suckau. 1 vol. in-12.

www.ingramcontent.com/pod-product-compliance
Ingram Content Group UK Ltd.
Pitfield, Milton Keynes, MK11 3LW, UK
UKHW012256240726
13966UKWH00004B/1436

9 782012 922556